SOY TU YO

AIDA ALVARADO

Colección de cuentos

Primera edición

2021

Primera edición, 2021.
Panamá, Panamá.
Editorial Amazon.
ISBN:9798741678725

Contacto en: https://www.youtube.com/user/aidanivia25
Instagram: aida. nivia
Correo electrónico: aidanivia25@gmail.com
Fans.page: Aida nivia. Taller de escritura
Facebooks: Aida Alvarado

Prólogo

El vacío existencial se viene perfilando desde el medioevo, en diversas obras literarias. El hombre ante los conflictos de su entorno y en su mismo eje central, vive rodeado de factores que hacen que se sienta atrapado y busca las soluciones, para su satisfacción espiritual. Esto lo conlleva a caer en errores que repercuten en esa estabilidad que desea todo ser humano, para incursionar en un ambiente confortable.

En esta colección de cuentos Soy tu Yo, se reflejan temas de las conductas humanas ante la falta de respuestas científicas, por hechos sobrenaturales; la búsqueda de la felicidad y situaciones de inestabilidad emocional, ante los conflictos. El hombre, en su vida cotidiana, es quien trata de unificar lo posible de lo imposible, lo real y lo fantástico, el amor y el desamor. Es una dicotomía que se refleja y se distorsiona a medida que se actúa ante decisiones evasivas y erradas.

Ante ello, surgen personajes que buscan la felicidad y lo que encuentran es un mundo mezquino, repleto de acciones que no favorecen a cualquier ser humano. Este cuentario se conforma de figuras dicotómicas como Aquiles quien no encuentra cuál es el sentido de su vida y se encierra en un cuarto, por muchos días; una niña indígena involucrada en las acciones de sus padres quienes la llevaban a cosechar café, en un ambiente frío y peligroso por los herbazales que conforman los terrenos de un cafetal; una dama, como cualquiera, quien se enamora y no encuentra la misma atracción de sus deseos, entre otros.

En fin, al escribir estos relatos, se busca que el hombre reflexione de los caminos que abre y, muchas veces, son irónicos.

Por ello, es importante que la conducta humana encuentre una relación con ese vacío y la esencia espiritual que llenen el sentido de su vida que, en pocas palabras, se conforma de cuatro fonemas: DIOS y es quien te colma de esa paz y te inunda de muchos valores, sentimientos y de actuar tranquilo, que va relacionado con la normativa de un mundo con sentido.

Dedicatoria

A mis bellos padres, Lucía Ríos y Demóstenes Alvarado (QEPD), por regalarme la vida y el sentido de la perseverancia, para lograr mis metas.

A mis queridos hijos, Ernesto, Isabel y Massiel; fuentes de inspiración que me hacen crecer cada día más en mi vida personal y profesional.

A mi esposo Ernesto Arcia y mis hermanos, quienes son el apoyo, ante cualquier circunstancia, donde más los he necesitado.

A mis abuelos maternos y paternos (QEPD) quienes inundaron mi mente de tantas historias e hicieron revivir ese deseo de contar aquellas creencias que aún prevalecen en la tradición oral. Algunas de ellas, forman parte de estas tramas de los cuentos.

A mis angelitos, Daniela y Gabriela, estrellitas que inundan mi vida de alegría y deseos de vivir.

AIDA NIVIA

INDICE

Introducción

El hombre, en su interactuar diario, busca la satisfacción de su yo, para sentirse feliz, en un mundo dotado de tantos conflictos, factor que lo conduce a caminos desviados, a través de conductas que le generan mayores situaciones de inestabilidad. En esta colección de cuentos cortos, se trata de presentar tramas donde se reflejan estas decisiones, con el fin de que el lector logre dilucidar las realidades y pueda reflexionar sobre ello. Este es el objetivo de la literatura, crear una catarsis que busque la solución de problemas reales que se presentan en la vida del hombre, como ente social. Además, se conlleva la función de recoger características que resalten determinados ejes en ese universo de constantes cambios, como son hábitos, costumbres de un pueblo, creencias, tradiciones, movimientos sociales, políticos, religiosos, entre otros.

En este libro, Soy **tu yo**, se narran sucesos que acontecen, diariamente, en nuestro entorno y, aunque parezcan inverosímiles, suceden. Los personajes dicotómicos se presentan ante acciones como es el miedo ante lo sobrenatural, en una casa repleta de misterio, el vacío existencial donde se pregunta qué hago yo aquí y se comprime en la soledad, al no encontrar la respuesta o aceptación de sus deseos, las contradicciones ante creencias religiosas y prejuicios sociales, el poder político que limita, muchas veces y genera el desarrollo de un sinnúmero de antivalores y desigualdades en todo ámbito.

Todo ello, sin olvidar que la poesía, también, es una voz que busca crear sentimiento, para formar un ente más dotado de sensibilidad humana. Solo cabe confirmar que, con el uso de las palabras, se forman mundos y se mueven montañas.

Las palabras

Una palabra forma y dibuja,
Mundos galopantes de conflictos y alegrías,
Enaltece, repudia, juzga y te enseña,
Amar, reír, cantar, rezar y letanías.
Con ellas organizas tus cartas de amor,
Las sentencias crueles o beneficiosas,
Surge de ideas y de sentimientos,
De lágrimas y de frágiles momentos.
Es la ejecutora de acuerdos, mandatos,
Expresiones bellas, jocosas o garabatos.
Es en fin palabras, sonidos abiertos o cerrados,
Oclusivas, africadas o resonantes,
Son familias de vocales y consonantes.
Une, desune y dignifica,
Si desconoces lo que significa,
Caes en el error de imprecisión,
Lee y aprende con devoción,
Son sinónimas de la comunicación.

EL TALLER DE AQUILES
Cuento No 1

El sueño de Aquiles.

Te encontré en una tarde cuyo sol descansaba en el sueño,
Temblabas como paloma, en el silencio de la noche, Busqué tu boca
y tú la mía, pero lejana tu alma de ensueño,
Me mirabas, escondidos ambos, detrás de un viejo coche.

Tu mirada se perdía en las brillantes estrellas,
¿Ya no me amas, Amada mía?
Estás en la distancia, tan fría, tan fría,
Quiero abrazarte, libremente, sin querellas.

Un amor de escondite,
Un amor con límites, ante los prejuicios sociales,
Solo soy un zapatero, pobre, desgarbado, mal oliente,
Que huele a zapatos y a goma,
pero con sentimientos incondicionales,
Aunque no conozca de una coma.

Te fuiste con otro, pero me amas.
Hoy estoy en este oscuro cuarto,
Perdido en tu memoria,
Con un sueño dolido, muy dolido,
Quiero terminar estos días, sin historias.

AIDA NIVIA

EL TALLER DE AQUILES

Aquiles. Así le asignó por nombre Teresa, su madre, cuando él nació. Desde el momento que asomó su taloncito de un color morado, por la vagina de ella. Pues, pese a que tuvo cuidado de su embarazo, los médicos no le detectaron que el niño se asomaría de pies, a este mundo. Cuando sintió dolores de parto, ella escuchó su llanto en su vientre. Entonces, al enunciarlo, a su madre, le dijeron, sus vecinas ": No digas eso. No es normal que un niño llore en el vientre de su madre o este te nace con problemas o puede ser una virtud".

Así llegó Aquiles. De pies. Aunque, no generó daños ni a su madre ni a su persona. Por eso, Teresa, asidua lectora de historias mitológicas, le denominó Aquiles, el personaje cuya leyenda dice que el niño inmortal sólo poseía un lado vulnerable: su talón y que en una pelea con Peleos y Tetis (padres) dejaron el talón del niño carbonizado y vulnerable.

Aquiles llegó sano. Sólo con una mancha negra en su talón. Aunque, ese nacimiento no produjo algún talento sobresaliente en él. El estudio nunca le agradó. Desde pequeño, se iba todas las tardes donde Don Alfonso, el Zapatero, a ayudarle a arreglar zapatos. Tras largas peleas con su madre, sólo terminó su tercer año en un Instituto Laboral. En largas discusiones, le decía a su madre que él no nació para ser el personaje de sus sueños. No era Aquiles, el de los pies ligeros, No era Aquiles el guerrero. Era Aquiles de carne y hueso. El mortal. Aunque, su madre, tras esa respuesta, deseaba reírse; pero, endurecía su rostro para darle seriedad a la conversación. De lo contrario, más terco se ponía. Sin embargo, desde pequeño, Teresa le preguntaba sobre el número ganador de la lotería y lo adivinaba, muchas veces, eso le dejó varios billetitos a ella. Por esta razón, les comentaba a sus vecinas que su pequeño Aquiles había nacido con una virtud y estas le respondían que "cuidara su cabellera, ya que la suerte provenía de ella". Esta era rizada, amarilla y hermosa. Ya al iniciar la escuela, Teresa tuvo que cortarle el cabello por solicitud de las maestras quienes argumentaban que Aquiles era varón y eso de andar con tejidos, colas o recogidos, sólo se aceptaba en las damas. A partir de este hecho, Teresa percibió que ya Aquiles no adivinaba los números ni tampoco asimilaba su aprendizaje como antes.

Aquiles fue el mejor zapatero del barrio. Desde los diecisiete instaló su taller de zapatos. Don Alfonso, El Zapatero, quien siempre fue como su padre suplente, le ayudó con pequeños ahorros que hacía el niño. Lo que se ganaba se lo daba a Don Alfonso y le solicitaba se lo guardara para cuando fuera grande. No se sabe quién le inculcó esa iniciativa de ahorrar. Su madre, muy inmiscuida en el vicio de las apuestas y de la lotería. Él siempre quiso ser el dueño de una zapatería. Este era su sueño. Por esta razón, le denominó a su taller: **El Taller de Aquiles.**

Este taller fue creciendo en demandas del mercado. Igualmente, el corazón de Aquiles, ya que cuando la hija de Don Alfonso fue transformándose en una señorita, también, su primer amor. Pese a las regañadas de Don Alfonso, este no dejaba de mirarla y tirarle piropos. Le decía que dejara tranquila a su hija, pues, aunque fuera trabajador y responsable, él aspiraba algo mejor para ella. No un zapatero como su padre. La zapatería daba para subsistir, pero no para crecer, económicamente, le argumentaba. No era para vivir bien. Y, Don Alfonso quería que su hija gozara de comodidad. Tenía la meta que la simpática joven llegara a contraer nupcias con el hijo de algunos de los hacendados del lugar; por ejemplo, con el hijo del señor Segovia que se hicieron ricos de la noche a la mañana y hoy contaban con tres carros últimos modelos o, con el hijo del diputado que, aunque no ricos, sí de gran influencia y acomodo.

Mientras Alfonso hablaba, Aquiles lo miraba cada vez más extrañado. No pensaba que ese señor que fue su ejemplo de padre desde pequeño, fuera tan interesado, tan efímero y de poca alma. ¡Qué decepción! Sentía buen afecto y respeto a su persona. Pese a los rumores de la gente de que anduvo con su madre, en un tiempo. Además, un día lo encontró acariciando a la maestra en una esquina del taller, mientras le decía pégale goma a estos zapatos que voy a buscarle un trabajo a un cliente, para entregar. Los dos se metían en el cuartucho mal oliente, sucio y; de lejos, le gritaba que saliera y cerrara la puerta que él estaba muy ocupado para atender a la gente. A su corta edad, no sabía que buscaban los dos en ese lugar. Pensaba que el señor Alfonso estaba aprendiendo a leer y a escribir. Terminó de asimilar que su amigo solo era un interesado, iletrado.

Eso pensaba, mientras Don Alfonso iba montando su mundo de ínfulas para su hija. Y, en ese refutar de ideas, Aquiles creaba su realidad. Al terminar, se iba a escondidas para el lugar conocido como **"El sitio"**, un paraje lejano a su taller, que perteneció a su padre antes de fallecer. Por deudas de intereses hipotecarios, el Banco se lo quitó. Estaba abandonado y en venta. Aquí consumió su amor con ella. Entre naranjos, olores a guayaba y excremento de caballo. Su amigo, El Zapatero, nunca lo supo, hasta el momento que Danna quedó embarazada.

El pueblo comentaba de ese **"domingo siete".** Le achacaban la culpa al hijo del diputado, porque a la jovencita se le veía mucho con él. ¿Del zapatero? ¨Jamás. Eso no lo admitirían. Por eso, preferían callar. Sabían de las saliditas de ambos por **"el sitio".** Aunque, el diputado tenía, también, sus prejuicios. Nunca admitió que su hijo se casara con la hija de un zapatero. Argumentaba que había que mantener el estatus social que a él le había costado tanto.

Mientras estaban en pugnas sociales, por una parte, el Honorable Diputado y , por otra, el zapatero, Danna terminó fugándose con el hijo del Diputado. Ambos se olvidaron de los regañadientes del padre del muchacho quien exponía que "**eso no podía suceder**". **"Con la hija del zapatero, era lo último que esperaba"**, sin embargo, a su hijo no le importó. Terminó huyendo con la hija del zapatero. Sabía que su padre, finalmente, aceptaría esta situación y terminaría ayudándolo y respaldándolo para la manutención de su hijo. Sin olvidarse de los rumores de que no era de él. En fin, eso no le importó.

Aquiles, cuando se enteró de que su noviecita se había ido con otro, se encerró en su taller de donde no quería salir. Le dolía mucho su talón. Su rostro fue enflaqueciendo al igual que su pesar. El Taller permanecía más cerrado que abierto. Los clientes acudían a buscar los servicios. El joven perdió el deseo de seguir la zapatería. Se la pasaba encerrado, por muchos días. En sus reflexiones, le molestaba no haberse preparado para ser el perfil de hombre que satisficiera los intereses, con el fin de corresponder a la hija de Don Alfonso. O, al menos, una persona que, por su carisma y posición, calara como **"anillo al dedo"** a los intereses del padre de Danna. En esa situación, prefería ser el niño Aquiles que era muy feliz, antes de conocer qué era el amor enfrentado a los prejuicios sociales. Aquel niño que se dedicaba a la cacería de perdices, en sus tiempos de osadía, aquel niño que adivinaba los números de la lotería y era premiado con un helado y unas galletas de chocolates, cuando atinaba a la suerte.

Algunos clientes comentaban que Aquiles se encerraba a leer, a tomar vino en su soledad. Otros, confirmaron que su talón le creció tanto que jamás pudo salir de ese cuarto.

EL TERCER CUARTO DE LA CASA DE MI ABUELA

Cuento No 2.

Recuerdos

El divagar del tiempo, como sombras,
Te llega y desvela tus recuerdos pasados,
Una niñez, hermosa con la abuela,
De recuerdos de cuentos y de brujas,
Leyendas de duendes encarnados.

El repicar del sueño, te devuelve,
El tiempo que transcurre como nube,
Pero persiste en cada esquina los recuerdos,
Recuerdos que laceran el tiempo soñoliento.
Te golpean, te golpean,
Y el alma se suprime,
Ante el dolor de una pérdida,
De aquellos seres que forjaron, Tu niñez y tu alegría.
Las sombras se disparan,
Como ecos de la noche pesada,
Se deshacen en un alma acongojada,
Donde los sueños se contagian,
De siluetas, negras, cual memorias.

El tercer cuarto de la casa de mi abuela

El abuelo Francisco Ríos contaba con muchos años de vivir en Alto Boquete. Era oriundo de Gualaca, pero tras el éxodo, en la búsqueda de trabajo, se radicó aquí con la abuela. Primero, vivían en el Bajo de Boquete, luego a raíz de las inundaciones del Río CALDERA en 1956, decidieron trasladarse en El ALTO. Un lugar pintoresco, en donde se divisan las montañas, el Volcán Barú y el caudaloso río, lleno de historias.

Sólo hay que subirse en el Mirador de la Virgencita, hoy conocido como CEFATI, para observar este bello paisaje que parece una obra de arte. El río se asemeja un hilo delgado en forma ondulante, a lo lejos se asoma la cruz que identifica la capilla, las pequeñas casas que parecen de juguetes, vistas desde lo alto, como el tranquilo pesebre que se monta en Navidad. A este lugar, llegan muchos turistas quienes no dejan de posar ante las cámaras digitales que llevan, para mandar fotos a sus familiares y a las redes sociales. Igualmente, las excursiones de estudiantes que acampan en este sitio, factor que exige mayor vigilancia al celador, ya que la Virgen está ubicada en un santuario en donde los creyentes le arrojan dinero. Sin embargo, algunos jóvenes bandidos, en el descuido de sus maestros, buscan una varilla y halan las moneditas y dólares, en forma disimulada. Todo eso, a pesar que existe un rótulo que dice "**So pena de multa al que se le vea sacando el dinero de este santuario**".

Los compañeros de estos los corrigen, fuertemente, para captar la atención: "**Mira la Virgen te está observando**" y los traviesos, con miradas fulminantes, amenazaban para que se callaran.

El abuelo trabajaba de celador en el **MOP** y, por temporadas, lo asignaban para cuidar en la cima del Volcán Barú, cuando estaban las torres en construcción, como el mismo decía: "**aquí sólo laboran, en**

este lugar, los que están en la mala con el gobierno, a los favorecidos por los políticos, los destinan a lugares más cercanos". Antes de irse para su trabajo, para quedarse cada quince días, le repetía miles de veces a la abuela que no salieran de noche, pues era peligroso que se estuviera en conocimiento que tres mujeres estaban solas y, mucho menos, que salieran pasada la escondida del sol. Eran diversas las historias que contaban los moradores sobre esa parte cerca de la quebrada. en donde, muchas veces, a los que transitaban por ahí les tiraban piedras, los llamaban por sus nombres, se escuchaban personas tirándose desde el barranco en un charco. Además, la señora Toña, que vivía cerca de esta cañada, decía que su casa, frecuentemente, amanecía con el zinc repleto de arena, sin olvidar la figura legendaria del hombre sin cabeza que salía detrás de las personas. Aunque, el abuelo siempre fue incrédulo a esto, decía que era mejor prevenir, que a lo mejor era alguien que se escondía tras la oscuridad para realizar sus maldades.

Pero, el **"vicio puede más que las sentencias"** y la abuela deseaba ir a ver su novela preferida: **"la invasora"**. Se olvidó de las sugerencias del abuelo, esa noche. Por ello, a las cinco de la tarde, salió con sus nietas hacia donde la señora Cenobia, en donde tras la telenovela y diversas conversaciones, transcurrió el tiempo y más, cuando tocaron el tema de la vecina intachable, la que siempre andaba enrolada y no le hablaba a nadie del barrio por considerarse de otra posición social. No obstante, su hija le salió con un" **domingo siete**" y este era el tema número uno del vecindario. El reloj fue el anunciante de que era tarde de la noche. A cada hora denotaba un sonido como el de una rana: **Croacs, Croacs**.

La abuela, luego de percatarse de que había pasado el tiempo,, salió después de largos despidos con su vecina. Se fue con pasos rápidos, junto con sus nietas, por el largo trecho, antes de cruzar la quebrada. Era un lugar oscuro en donde se escuchaba el ruido de los árboles, movidos por la brisa. El movimiento del agua de la quebrada transitaba quietamente. Varias piedras grandes formaban el camino para cruzar al otro lado. Una especie de tranquilidad las inundó cuando pasaron este sitio muy famoso. De los árboles salió un felino asustado, que maullaba, desesperadamente, y se cruzó delante de ellas, perdiéndose entre el monte. Prosiguieron corriendo tras la oscura noche. Al instante, se les sumaron unos pasos que iban detrás. El miedo hacía correr. Era tarde y si participaban, en ese momento, en una maratón, hubiesen ganado.

La abuela gritaba: ¡corran¡, ¡corran¡¡ viene detrás de nosotras! Al principio las nietas pensaban que eran maldades de la abuela, para asustarlas. Esos pasos extraños hicieron comprender la realidad presente.

Sí, era ese personaje del barrio, que muchos lo consideraban una leyenda, lo escuchaban caminar rápidamente. Estaba siempre en ese sitio, en la quebrada. Como dice el dicho "**la curiosidad rompió el sacó**", miraron hacia atrás y fue cuando lo vieron. Era una sombra oscura en forma de hombre. Vestía una capota negra, pero en realidad no se le veía la cabeza. Según muchos moradores de la comunidad, "el **hombre sin cabeza"** acostumbraba salir tarde de la noche y asustar a los que transitaban a esas horas. Por eso, los moradores se recogían, muy temprano, en sus casas y no salían. La abuela incrédula hizo caso omiso; por tal razón, decidió obviar esta historia, tan famosa, en la tradición oral de este pueblo.

La abuela reza y que reza para ahuyentar a ese hombre extraño. Se escuchaba musitando el Ave María, Madre de Dios, reza por nosotros..., Dios te salve María, llena eres de gracia ...y repetidos Padres Nuestros. Llegaron muy asustadas a la casa. Al cerrar la puerta se escuchaban los pasos... tres golpes fuertes sacudieron la puerta... esperaron minutos para reaccionar ante tan considerable susto. Al rato, se asomaron por la ventana de vidrio del tercer cuarto y no se veía nada, sólo los árboles que se agachaban ante la brisa fuerte que azotaba.

Esta fue una noche larga, igual que todas. La acompañada un viento fuerte que hace retumbar las mismas entrañas de los árboles. Golpea, golpea, con un sonido que produce un eco en lo más profundo de las montañas. Según las personas ancianas de la comunidad, cada sonido de este estallar del aire, son las voces de las almas que penan. Por esta razón, aconsejan que es malo andar de noche, por estas calles saturadas de polvo, brisas y de recuerdos.

EL CABALLO MISTERIOSO
Cuento No 3

Misterios de la vida

Un alma que vaga con el viento,
Buscando retazos de respuesta,
De las raíces de sus miedos,
Del misterio sin aliento,
Se refleja y se esconde,
En sombras y recuerdos,
Divaga en las noches oscuras,
Divaga en las mentes silenciosas.
Susurra desde lejos,
Con suspiros que se pierden en la distancia,
Perdiendo en sí esa confianza,
Para hacerse sentir en los momentos,
De esa sed de vivir cual sus reflejos.

El caballo misterioso

Mamá Lucía decía que todo lo que se relataba en torno a ese tercer cuarto de la abuela eran mentiras. Pues, según argumentos familiares, esa habitación estaba repleta de apariciones sobrenaturales. Se escuchaban relatos de una mujer que se veía tarde de la noche, con risas estrepitosas. Que tocaban la puerta tres veces. Que no dejaban de saltar, fuertemente, en el zinc. Para los incrédulos, sólo eran fantasías y leyendas.

Una noche decidió dormir en ese lugar. Muy tarde, se le oyó gritar y cambiarse para el cuarto contiguo donde dormía la abuela Nívea. Cuenta que cuando se estaba durmiendo, sintió que le agarraron la sábana y se la halaban por debajo de la cama. Luego de ello, confirmó que sí eran ciertas las historias.

Los vecinos comentaban que eso era el resultado de que en ese lugar existió un cementerio indígena, en tiempos remotos, y que las almas de estos estaban penando, ya que se habían enterrado con todas sus riquezas y, todavía, cuidaban de lo suyo. Por tal razón, se veía tarde de la noche una luz que salía detrás de un palo de nance que estabaen los terrenos. Era redonda, brillante, primero pequeña, luego se iba expandiendo hasta ubicarse frente a la casa. Muchas veces, la abuela y el abuelo, salían a observarla hasta que desaparecía, completamente.

Según versiones de expertos, esta luz significaba entierros. Estos relatos se propagaron en muchos lugares, tanto así, que fueron muchas las visitas de huaqueros que llegaban solicitando a la abuela los dejase excavar, siempre con la promesa que de lo que encontraran, recibiría el mayor porcentaje. Ella nunca quiso, porque no creía en eso. Mucho menos, cuando se enteró de que estos señores utilizaban la noche y oraciones extrañas, con la finalidad de extraer estos entierros y, según los especialistas de estos asuntos, argumentaban que de día no se podía, con la explicación de que los indígenas resguardaron sus riquezas con base a sus costumbres tradicionales y formas sobrenaturales.

Ya con más edad y ya en esta etapa de madurez, decidí un día dormir en ese cuarto, siempre excusando de que esos relatos eran parte de nuestra niñez con la abuela. Este cuarto era sencillo, sus paredes de color rosa, con unas cortinas celestes, transparentes. Al frente una peinadora. En una parte de la pared, colgaba un cuadro de un caballo blanco cuyos ojos azules daban la connotación de que escondía algo más allá de lo natural. Siempre causaba mala impresión a quien llegaba al lugar. Esa figura tiene una historia. Mi hermano Agustín era un coleccionista de estos animales como adornos, tenía toda clase de estos, parados en patas traseras trotando, tallados en madera, en cerámica, plástico. Pero, al irse del lugar, para hacer su vida en la ciudad de Panamá, se los llevó a todos, apartando el cuadro del caballo blanco, para la abuela, y en bromas, decía que **"era el guardián de la casa".**

Siempre con historias sobre este cuarto, decidí leer para entretenimiento Era tarde. Muy tarde. Un silencio. De repente, el canto de un grillo se escuchaba entre las rejas del cielo raso. Buscaba para eliminarlo. Se iba, volaba y grillaba en otro lugar. Fue una pérdida de media hora, hasta que lo atrapé entre las cortinas del cuarto. Este sonido molestoso se fue. Una quietud se apoderó de la habitación. La brisa golpeaba a lo lejos hasta el más pequeño ser con vida. Una risa. Una risa tenebrosa detrás de la cortina. Era ella, la mujer. Aquella famosa en los relatos de quienes tuvieron la experiencia de quedarse en el tercer cuarto Vestía de blanco, cabellos largos y sedosos. Era una especie de Venus del Olimpo que salió de las hojas de la Ilíada, de la mitología griega, para estar burlándose de los humanos. El miedo se posesionó de mi cuerpo. Un frío me invadió. En ese momento, me recordé de todas las oraciones que existían y por existir. Recé el Padre Nuestro, Dos Ave Marías, el Ángel de la Guarda. Mi corazón, recogido de espanto, se escuchaba en todo mi cuerpo, como golpes del reloj. Toc, Toc, Toc. Deseaba gritar y llamar a la abuela, pero no quería faltar a mis palabras, al haber dicho que todas esas historias eran patrañas de niños. Una risa molesta que penetraba en todas las capas de mi piel, desde la dermis y la epidermis, hasta erizar todo mi cuerpo. Molestó por un rato. Se tiró encima de mí y el miedo a este ser espantoso me inmovilizó. Estaba muda. Hundía los dedos por todos mis costados. No podía hablar. A la abuela, la escuchaba lejos, al otro lado del cuarto, conversando con el abuelo Francisco. No podía moverme. Pero, en mi inconsciente rezaba a mi Dios para que alejara esta ánima de mí. Molestó como por diez a quince minutos. Se fue, cerré los ojos. Un golpe a la pared que dio el fuerte viento me hizo salir de ese sueño o de ese momento con ese ser fantasmal. Al abrirlos, estaba ese cuadro misterioso que adornaba el cuarto, en donde mostraba la dentadura del caballo blanco, de profundos ojos azules. Su cabellera blanca parece que se movía con el viento que estaba furibundo, afuera de la casa. Empuñé la almohada y la tiré encima del cuadro el cual cayó, partiéndose en pedazos. Sólo quedaba una especie de rompecabezas. En un reflexionar, imaginé los gritos de la abuela por su cuadro el cual cuidaba como una reliquia, ya que era el regalo de Agustín.

Muy, silenciosamente, tomé los retazos. Salí, con el frío de un nuevo día. Estaba amaneciendo. Tiré cada pedazo, con mis manos, temblorosas aún. No sé si de miedo por la aparición de la mujer o por el conflicto con la abuela al enterarse de la verdad. Al caer al suelo, la brisa se fue llevando, pedazo por pedazo, lo que quedaba de él.

A partir de este día, son muchas las preguntas de la abuela quien cuestiona, muy intrigada, por el cuadro perdido. Se asoma al tercer cuarto, observa y busca.

¡Alguien tiene que habérselo llevado ¡_Musita.

CAFÉ
Cuento No 4

Piel color de café.

El sol calcina sobre su piel café,
Mientras baja su mirada, ante el grito que sofoca,
¡Más latas!, ¡más latas ¡_Proclama la voz quejosa,
Ni siquiera un corto lapso, para un sorbo de té.

El sol calcina sobre su piel color café,
Con una chácara, en donde carga a su bebé,
Hala el racimo rojo, jugoso y tierno,
Pensando en la esperanza y el próximo invierno.

La l luvia cae, luego del fuerte sol,
Y ni una escampada, bajo los árboles,
Se llenan los sucios y hondos canales,
De sueños, resignación, pero sin voz.

De cuartos mustios y oscuros cuartos,
Se conforman con un pan y una sardina,
Los hombres dejan sus reales en el Bar Gardina,
Sus penas y embates, de su precaria vida.

Café

El abuelo pidió una jarra con café, mientras sentado en el portal, miraba los camiones pasar. Estos iban repletos de indígenas quienes venían desde lugares de Oriente a la zafra del café, en Boquete. Desde el lugar, en donde se sentaba, se divisaban las altas montañas y las pequeñas casas de las grandes urbanizaciones, propias de los norteamericanos quienes se radicaron en este sitio. Se veían pequeñas, desde lo alto, pero eran grandes cabañas, montadas en peñascos o subidas. A estos extranjeros les agrada el clima frío y los pueblos alejados. Por ello, se quedaban en estas Tierras Altas. He aquí la explicación del porqué los terrenos subieron a un precio considerable que ya ni los lugareños podían aspirar a poseer. Hasta en el tiempo de la Feria de las Flores y del Café, solicitaban pagar un precio bien abultado, para evitar el ruido. Esto causó gran enojo a muchos moradores quienes vieron a Boquete como un Distrito solo para extranjeros.

El abuelo miraba, meditabundo, el paisaje, desde el portal de su alcoba. Se sentaba largas horas en una silla mecedora. Siempre lo acompañaba al frente suyo, en una mesita de madera, una jarra con café. Con manos temblorosas, se servía en una taza de aluminio. Estaba cayendo un fuerte "bajareque". La neblina cubría las montañas y desde la casa se miraba el verdor de los cafetales repletos de frutos rojos esperando a su cosecha.

Entre las cimas y el río sobresalía un hermoso arcoíris.

Era el momento del abuelo. Siempre le agradaba recordar cuando cosechaba con sus nietas quienes todos los veranos se organizaban para acompañarlos y, en uno de esos días, fue cuando conoció a Café.

Era octubre. Se levantaba temprano a preparar el lonche con la abuela. Como costumbre, le agradaba que formara parte de su "**mono**", el arroz con frijoles de palo y carne con tajadas fritas. Además, su preciado café el cual guardaba en un termo que conservaba el calor.

Cuando el día estaba lluvioso era difícil la cosecha. Los dedos se engarrotaban y hacía más lento halar el racimo del café el cual se endurecía por el frío, mermaba la cantidad de ventas de este; como también, la entrada de dinero de los cosechadores. Este era uno de los argumentos del dueño de cafetales quienes, cínicamente, sustentaban que no había para pagarles. De esta forma, a la hora de medir el café, muchos trabajadores, denominados "latinos", soltaban el cesto que usaban para cosechar y enunciaba improperios, en contra de los jefes. Enojados, gritaban. Maldecían con palabras obscenas. En cambio, los indígenas, muy estoicamente, aceptaban lo que les dieran. Pues, su estadía resultaba una obligación, ya que provenían de áreas del oriente, muy alejadas de la ciudad, donde les costaba horas para llegar al poblado más cercano. En tiempos de cosecha, dejaban sus hogares, ubicados en las montañas más alejadas del área chiricana, donde prevalecen sus orígenes, de la etnia Ngäbe Buglé. Ellos representaban **"mano de obra fiel"** para los cafetaleros. Al mediodía, todos los trabajadores se refugiaban debajo de los palos de cafetos, para comer." La sirena" era quien anunciaba este momento. Su sonido traspasaba todo oído e iba de casa en casa, de lugar en lugar, indicando descanso y hora de almuerzo.

En uno de esos momentos, fue cuando conoció a Café. Ese era el nombre que el abuelo le asignó a una linda niña indígena quien, remolonamente, llegaba cuando abríamos los monos y destapábamos el termo donde el abuelo guardaba el café. Su aroma impregnaba todo olfato más cercano, hasta de la pequeña. Se le preguntaba cuál era su nombre y ella con timidez se colgaba de una rama del árbol y mirando el termo con café decía: "Café Guetie, Café Guetie". El abuelo le preparaba una tacita de esta bebida y un platito de comida. Ya él sabía que todos los días se acercaba, primero asomando su carita entre unas ramas hasta ir, poco a poco, acomodándose, en una piedra aplastada que reposaba bajo un limonero.

Café siempre vestía de una túnica propia de los Ngäbe Buglé, ancha y recogida, con diseños triangulares en forma de montañas y colores vistosos. Andaba descalza, como una costumbre de las personas de su pueblo. Ella era una de esas niñas que andaba con sus padres en cosecha y que en familia bajaban de la Comarca, en búsqueda de trabajo. Los dueños de fincas, quienes los contrataban, los ubicaban en una de esas casuchas de zinc, viejas en donde vivían por varios me-ses, en hacinamiento. En el tiempo de quincena, los hombres se ibana las cantinas a gastarse lo corto que les quedaba, después de comprarunos cuantos guineos y unas latas de sardinas. Cuando el licor hacíauso de sus razonamientos, se les veía haciendo espectáculos en largaspeleas en donde se daban puños y descargaban ese dolor y odio, ante sus precarias realidades. Quedaban tranquilos hasta verse bañados en sangre la cual dejaban gota a gota por las calles. Pagaban al cantinero con esos dólares manchados de rojo y del sudor del trabajo.

Las mujeres se les veía cosechando café, con sus hijos detrás de ellas y, muchas veces, cargando una chácara en sus espaldas en donde llevaban a sus niños recién nacidos quienes recibían, diariamente, sol y agua. En la cosecha pasada, uno de estos niños indígenas cayó en una laguna y lo encontraron ahogado. Frecuentemente, a estos se les decía que no llevasen a sus pequeños a la cosecha, pero hacían caso omiso a eso. Los niños padecían hambre al igual que ellos, por las precariedades que ceñían a su etnia. No era la primera vez que Nutre Hogar se hacía cargo de estas frágiles criaturas, por el severo caso de desnutrición e infecciones gastrointestinales y respiratorias, severas.

Café es una de esas niñas, víctimas de las negligencias de sus padres y de la pobreza que calcinaba como el radiante sol de la tarde, a la Comarca Ngäbe Buglé. Cuando se le preguntaba su nombre, solo pedía café. Por ello, el abuelo le asignó este apodo de "Café".

Un día, en la mañana, unos fuertes gritos traspasaron el cafetal. Era la voz de una niña, quejándose.

Era café. Una serpiente le había hundido sus colmillos en la pierna Todos corrieron hacia el lugar. Entre unos árboles venía un grupo de indígenas cargando a la niña en una hamaca. Cuando vio al abuelo, comenzó a gritar: ¡Tiküide kögwäsáwüe¡¡Ti küide kögwäsáwüe¡(¡Me mordió una serpiente¡).

¡Bedegä nen ¡) (¡Corran ¡) _ decía uno de ellos. ¡Ja ukäbäre kuë jägotö sëtë krügri! (¡Detrás de la piedra!) Mientras buscaban a la serpiente, se comentaba lo peligrosa que esta era. Ante todo, se presumía que era una víbora de las finas. Muy tarde, la encontraron enrollada en el hueco de un árbol, en donde la sacaron con fuertes golpes. En una fogata se dedicaron a quemarla, ya que, según las tradiciones de los Ngäbe Buglé, el veneno de la víbora perdía su potencia y no permitía que la víctima falleciera.

Un fuerte olor a carne chamuscada se adhirió en las hojas, en el sudor de los hombres y a aquella tarde nublada con indicios de lluvia. Se llevaron a Café quien poco a poco fue enfriándose su cuerpito, así como el frío que produce el bajareque en la cosecha y en aquellos hacendados, en donde el dinero los va formando indiferentes.

Un sorbo de café aún le recuerda a Café, aquella niña indígena que un día llegó a estos cafetales, en el éxodo que produce la zafra.

LA OTRA CARA DE LA MONEDA

Cuento No 5

Mujer

Mujer, tacones y colores vistoso,
Virtud, alegría, silencio y voz,
Compromiso, como sol juicioso,
Espuma, polvo y fragancia veloz,
Que se enmarca en la carne,
En el silencio, sin nombre,
Y cual sonido latente se mueve,
En cada espacio, en cual amanecer,
Sol, luna y estrella resplandeciente.

AIDA NIVIA

La otra cara de la moneda

El profesor de química era uno de esos a quien se le hacía muy difícil pasarle la materia. Se comentaba que era el filtro de la Universidad. El primer día de clases, su frase típica y muy conocida era: "La única A soy yo. Aquí no se viene a ser parásitos. Mi curso sólo lo pasan los buenos". Sin embargo, esos algunos que pasaban con A, siempre llevaban un cuento bien escondido. Fueron muchas las veces que se le citaba a presentar cargos sobre ello, ante el rector de esta Alta Casa de Estudios Superiores. Él siempre terminaba defendiéndose con testigos, por el cual todo quedaba como un "Chisme" para dañar su reputación como catedrático.

Violeta era uno de esos casos. Una estudiante que, pese a que acudía muy poco a clases, sus notas eran de A. Sólo con llegar al aula, con esos vestiditos que denotaban su figura muy esbelta, dejaba a sus maestros con la garganta seca. Y, el profesor de química no escapaba entre esos.

En los corrillos, andaba el rumor que Violeta la vieron un día con el profesor de química en el laboratorio y que este escondía una de sus manos en las bragas de ella. Cuando lo sorprendieron, estaba sudado, sin aliento y suplicaba a quien lo vio que no dijera nada y, por este secreto, su evaluación final sería una A. De esta forma, las únicas A que se vieron, en la lista de notas, fueron la de Violeta y de aquel compañero quien lo observó "infraganti", en esa ocasión.

Violeta siempre escalaba, con base de sus atributos. Desde pequeña su madre se lo repetía un sinnúmero de veces, cada vez que peinaba sus largos rizos o la aliñaba para algún evento escolar.

_ ¡Violeta vas a ser grande! ¡Tu belleza lo dice! ¡Mira tu piel blanca como la leche, tu cabellera! Te pondré un lazo rojo para evitar el mal de ojo de los envidiosos. Tú vas a ser una especie de personaje de la televisión. Siempre las buscan así, blancas, altas, bellas como tú, Violeta. Argumentaba su madre.

Ella creció con su ego bien elevado. Ya una señorita, se miraba en el espejo. Sabía que era hermosa, cerraba los ojos y se veía grande como su madre se lo decía. En una carroza de princesa como los cuentos de hadas, siendo el punto de atracción. Elevaba la cabeza y comenzaba a mover su cuello como un cisne.

En la escuela, esto creó conflictos por el cual la madre de Violeta tenía que interceder, constantemente. La niña no quería trabajar en cualquier grupo de niños. Si eran de tez oscura los apartaba, si los veía en malas condiciones precarias, mucho menos. Esto la llevaba a ser comentarios soeces e hirientes a sus compañeros. También, la citación de su madre a la dirección. No obstante, esta al final de la jornada, le decía a su hija que era algo normal que despertara el odio de sus compañeras, hasta de sus maestras.

_! No te sientas mal Violeta ¡Eres la envidia de tus compañeros, especialmente, de esas "**maestruchas**" que ahora se ven viejas, gordas, estrafalarias! Y, al verte a ti tan lozana, bonita que pareces de sangre azul ¡Cuanto quisieran ser como Tú! Violeta respondía con una sonrisa fría. Levantaba la cabeza con orgullo y miraba con menosprecio a quienes estaban alrededor, escuchando lo que decía su madre.

La madre de Violeta vivía en un barrio conocido como "El Sapo". El origen de su nombre se debe a que estaba rodeado de muchas cloacas donde, en tiempos de inviernos, se estancan las aguas residuales y, en todo el día, se escucha el croar de los anfibios. Un lugar de precaristas que pertenecía antes a los terrenos destinados al Colegio Secundario Félix Olivares Contreras. Sin embargo, fue invadido, arbitrariamente y se dieron acciones por parte del gobierno, para sacarlos de ahí, pero se resistían. Por último, decidió venderlos a través del MIVI. Por ser un invento precario, no tenía calles, sino callejones. Estaba habitado por casas remendadas por la pobreza, zinc, madera y en algunas partes bloques. Y, los cableados de luz, que se compartían unos con otros, para apoyarse, parecían grandes telarañas. También, hubo personas de buena posición económica que formaban parte de este precarismo y; de esta forma, obtuvieron tierras y; luego, las revendieron a precios mayores que el estipulado.

A esta señora siempre se le veía vendiendo números. Era madre soltera. Se decía que su marido fue uno de esos militares en época de Noriega que hacía sus fechorías y se limpiaba las manos por estar en el poder. Por esta razón, la amenazó que, si decía que esa niña era de él, le iba a ir muy mal. La madre de Violeta, conociéndolo, prefirió el silencio.

Violeta nunca dijo a sus compañeros dónde vivía, no obstante, optó por reunirse en la casa de los compañeros, antes que en la suya. Esta argumentaba que su residencia, estaba ubicada en Boquete y quedaba muy lejos. Todos conocían el cuento de "La presumida", así la apodaban, en la escuela y en su barrio.

Su madre le inculcaba que no dijera donde era su residencia, para no perder el **"glamour"** que la caracterizaba, ante sus amistades. Además, que se buscara un hombre de buena posición social, por ejemplo, del gobierno, ya que gozaban de muchas prebendas. Así lo hizo Violeta, ya que después se rumoraba que andaba con una de las grandes autoridades del País. Se le veía en los hoteles con un famoso gobernante quien pidió discreción a Violeta y a periodistas quienes, muchas veces, se percataron de estos amores "escondidos". Un buen puesto en el Gobierno o por seleccionar empresas o servicios en los movimientos de compras del Estado, servía para silenciar a cualquiera.

Su madre, frecuentemente, vociferaba: **"Gracias que Dios me la mandó mujer, aunque sean "putas", nunca se olvidan de su madre"**. De esta manera, las calles del barrio fueron pavimentadas, gozaban de agua potable y; sobre todo, luz eléctrica. En el año de regalía del gobierno, los habitantes del Sapo recibieron donaciones de bloques, cemento, arena para la construcción de vivienda. Todo ello, consecuencia de contar como vecina a **"la presumida**".

Violeta llegó muy lejos, tal y cual como lo dijo su madre. Fue directora de una institución pública. En su pomposo puesto, aún sus caracteres de presunción no los había olvidado. Fueron muchas las acusaciones que hicieron sus subalternos, en contra de sus conductas. Ella pensaba que estaba en una finca donde los funcionarios eran sus peones. Expresiones despectivas y dolientes era su trato hacia estos. Algunos, sin miedo al despido, le decían: **"Aprovecha tu momento, este gobierno se irá pronto y volverás a ser la pobretona de siempre"**. Ella con una sonrisa cínica les contestaba: "¿Están seguros de lo que dicen?". Y este enfrentamiento les costó una separación de sus cargos. Ellos conocían el resultado, pero no iban a tolerar las injusticias y maltrato, por miedo a las consecuencias.

La madre al escuchar las razones de despido de los subalternos, tras el relato de su hija, continuaba animándola y le afirmaba que todas estas acciones eran causadas por la envidia. Por esa razón, la aconsejó que tenía que colocar en el pupitre de su oficina una planta de jade y, diariamente, un vaso con agua tibia, para alejar las malas vibras. De esta manera, la oficina de Violeta, parecían un santuario con velas y resguardos. Todos los viernes un olor a incienso impregnaba por las paredes de la institución que encabezaba.

Algunas quejas se remitieron a las últimas instancias, que enfermaban por los olores que salían de la oficina de la "susodicha", así la llamaban, para no decir nombre. Los **"lamebotas"** no faltaban, con tal de ganar ascensos y regalías. Sin embargo, las notas se perdían en los tanques de basura y no recibían respuesta alguna.

Ella transcurrió en largos viajes de tipo políticos y de trabajo.

Mientras tanto, la encargada de la institución donde fungía Violeta como directora, era más afable que esta. Por consiguiente, los funcionarios se alegraban cuando se iba de viajes. "**Que se quede por allá**", así decían de ella. **"Que se vaya bien, pero bien lejos".**

La última salida que se escuchó de VIOLETA fue hacia Estados Unidos. Desde ese momento, nadie más la vio por los lugares que siempre frecuentaba. Extrañarían su movimiento de cisne, con el cuello erguido y contoneándose para captar más la atención de sus admiradores y, sobre todo, de aquellas a quienes conocía, no eran parte de su simpatía. Su madre, ahora, se le escucha hablando en pasado, de las cualidades que engalanaban a su Violetta. Ahora se quejaba, que nunca recibió un nieto, quien sería el seguimiento para mejorar "la descendencia", expresaba, muy tristemente. Ya estaba resignada, sus esperanzas se habían desvanecido, desde la primera vez que andaba repartiendo y pegando las volantes por las paredes, cuyo mensaje decía: "**Se busca".**

Entre carteles rotos por el viento y por el tiempo, aún se ve parte del rostro y el nombre de la señorita Violeta González Espinosa.

POR LA PUERTA DE ATRÁS
Cuento No 6

La puerta de atrás.

Existe un pueblo con hambre,
Y hombres opulentos, en el pastel,
Se inmortalizan cual vedegambre,
Muchos, falsos y de papel.
Siempre presente, el insensible e insensato,
Que con mentiras llega al poder,
Otros, quien al pobre quieren joder,
Perseguir, ignorar, en su momento.
No olvidarse, del que promete, sin cumplir
Solo para ganar adeptos,
Y a la palestra, al subir,
Se olvidan de esos momentos.
No conocen que la llave maestra
Es no olvidarse, de sus propuestas.
Ante ello, siempre salen, de ese capullo,
Por la puerta frontal, con gran orgullo.
Otros, por ser corruptos y mentirosos,
Y por parecer, muy pocos honrosos,
La puerta de atrás, es su salida,
Tan negra, hueca y revestida,
De indiferencia, odio y soledad,
Carente de honores y de verdad.

Por la puerta de atrás

Era verano. El calor penetraba por las paredes, por los zincs de las casas, por los poros de la piel, tanto así, que en las calles se veían a las personas con sus pañuelos, secándose el sudor de la cara, como también, para extraer las preocupaciones por el alto costo de la vida.

Los habitantes del pueblo participaban de una manifestación en contra de lo caro que estaban los productos, especialmente, de la canasta básica. Se les veía parados frente al parque, con pancartas que llevaban mensajes al presidente: "¡Basta de mancillar a este pueblo!, ¡Ha subido la luz, el agua, los productos de primera necesidad! ¡No hay agua! ¡No a las hidroeléctricas¡¡Hasta cuándo, señor Presidente!" Una señora gritaba y pedía ante los medios de comunicación, que estaban presente, una solución o cerrarían las calles. Los niños, jóvenes y adultos gritaban improperios en contra del gobierno. Esto se acabó cuando llegaron los antimotines y les lanzaron bombas lacrimógenas. Las personas corrían y se escondían entre las casas del barrio. Llevaban entre sus manos toallas mojadas para colocárselas en la cara y así evitar el lagrimeo.

Muchos de estos manifestantes, a la semana, ya estaban callados y nadie los hacía salir a las calles. Se veían en los bancos, en largas filas, cobrando cien a los setenta, la red de oportunidades y; sobre todo, recibiendo en sus casas las bolsas solidarias, el Ángel Guardián, el bono y el vale digital para paladear el hambre. Aquí había terminado todo indicio y fuerzas para protestar.

Mientras tanto, un pequeño grupo, ya desintegrado, continua- ba expresando sus disconformidades. De las pocas personas que no venden su criterio y observan las verdades del momento. Por ejemplo, las noticias de que una prominente figura lo encontraron con **"las manos en la masa",** en inflaciones de precios de los medicamentos, en la CSS; se escuchaba de unas camas para cuartos de hospitales a precios exagerados, de nombramientos en puestos sensibles del Estado, de algunos escándalos de queridas de algunos allegados de funcionarios prominentes. Por otro lado, a los políticos, que gozaban de prebendas, se les veía en sus carros lujosos y en oficinas con aire acondicionado. Además, no era la primera vez que los periodistas sacaban a relucir el mal manejo de fondos y el trato obsceno que estos señores y señoras le brindabana las personas, pero como dice el dicho" **cada pueblo se merece el gobernante que eligió".**

Las publicidades políticas bombardean a través de los mediosde comunicación. Se aproximaban las contiendas. El derroche por parte del gobierno y de aquellos **"riquillos**" se derramaban en ayudas, burlándose de los pobres, comprando votos con el cliente- lismo. Pero a pesar de estar en ese Zipi-zape para ver quién marcanúmero uno como presidente en las encuestas, se dieron golpes de pecho por ayudar en las inundaciones que azotaron a Bocas y Chi- riquí. No era extraño verlos cargando mercancías que donaban a los afectados, en los noticieros. Las calles estaban rojas, azules, verdes, moradas y amarillas. Los banderines de colores bailaban al son del viento. Las bocinas con propagandas políticas se infil- traban por todo oído, sin clemencia alguna. Algarabía, reuniones, noticias, encuestas para saber quién iba a "la cabeza". El pueblo estaba confundido. Las oficinas del poder estaban repletas de per- sonas, diariamente. Las filas se asemejaban a una larga trenza. Acudían para solicitar respuestas a sus necesidades personales y dela comunidad. Último año de gobierno. Lo que no se hizo en los primeros años, se tenía que ejecutar a hora.

El diputado Julián, quien visitaba muy poco sus oficinas, se le veía, muy a menudo, en los últimos meses de este afanoso año. Su rostro fino, arrogante, cuidado por las pocas preocupaciones, sin pocas arrugas a pesar de sus cincuenta y ocho años y su sonrisa cínica, cambió a un semblante más humilde, con una apariencia falsa, muy disimulada. Su atención no era igual para todos. Si llegaban con referencias del partido los atendía, por el contrario, posponía la cita o, simplemente, dejaba indicaciones a su secretaria de que no estaba.

De esta forma, fue como Don Céfiro llegó a la oficina del Diputado. Se sentó en unas de esas duras sillas de metal, a meditar, mientras pasaban unas ciento quince personas que estaban de- lante de él. Sabía muy bien que su amigo se encontraba dentro, aunque a muchos le decían

"El diputado no está" para que se fueran rápido.! Qué Ironía¡, tanto que trabajó y caminó en las pasadas campañas, para que el H.D llegara al poder y ahora a hacer fila igual que los demás, para corresponderle hablar con él. Desde que formó parte de la Asamblea legislativa, el señor cambió sus teléfonos que usó en la política, para que nadie lo contactara.

Mientras llegaba su turno, Céfiro continuaba reflexionando sobre su ruda actividad en la campaña anterior. Trabajó, fuertemente, en el Partido, siempre brindándole respaldo a su "amigo" para que estuviera en el puesto que tiene ahora. Fueron horas bajo este calcinante sol, dio su tiempo, dinero. Todo eso, porque la gente creía en él. Una dulce voz lo sacó de su meditación. Era la secretaria del diputado. Se vestía con un bluyín y una camisa de color blanca. De facciones muy simpáticas y se rumoraba, por los corrillos, que era "una amiga íntima" del Honorable.

_Señor... ¿Con quién desea hablar? _ Interrogó ella. _Con el Honorable Diputado.

_Lo sentimos...acaba de irse.

_Por dónde? No lo he visto pasar.

_Bueno, por la puerta de atrás

Céfiro comprendió. Eran muchos los días que iba en búsqueda de esa misma situación, con esa pesada respuesta. Sabía que su antiguo amigo estaba. Lo más seguro es que se olvidó de él. El poder tiene cara de olvido, de cinismo y de esos tentáculos que se introducen hasta el hígado volviéndolo negro. Solo le iba a pedir una pequeña ayudita la cual el diputado se le había olvidado.

Sólo era una beca para su hijo menor quien le faltaba apoyo para culminar su último año de colegiatura.

Céfiro siguió en su política, en estas nuevas contiendas. Esta vez apoyando a su hijo mayor en la candidatura quien tenía que enfrentarse al Diputado actual, a su amigo quien no se recordó de su rostro, después de su triunfo.

En el último año, la figura de Don Julián decayó por sus acciones, frías y negligentes. En una ocasión, se generó una denuncia pública, en las fiestas de La Comadrona. Era el abanderado de ese día, al llegar dentro de la Barrera destinada para la carrera de toros, en su precioso caballo raza "**Mustang**", le gritaron feamente: "**Quiten a ese corrupto de allí que esta vez no va para ningún lado**". Él mirando a uno de los que le gritó, le proporcionó un golpe con el rejo del caballo lo que le hizo perder el equilibrio y caer.

Los medios fueron los que se dedicaron a divulgar esta acción que fue la comidilla del pueblo y, sobre todo, de los políticos opositores que deseaban que su imagen se viniera al suelo, más de lo que estaba.

Cuando llegaron las elecciones políticas era una algarabía. Cada partido portaba su color, los adeptos con sus suéteres propagandísticos, banderas. Era una gran fiesta. Desde lo lejos se percibía un olor a rosa. Esta vez el pueblo estaba seguro de no votar por partido, sino por mejores propuestas. Estaba cansado de tantas corrupciones, del juega vivo, de la pobreza y de ese sueldo miserable que sólo daba para los menesteres más esenciales. El arroz cuquitoya venía, últimamente, muy quebradizo y con polilla. Algunos, no desaprovecharon la oportunidad de obtener sus ganancias, de esas compras de votos, de campañas sucias. El despilfarro del dinero no les dolía a muchos aspirantes. Lo importante era ganar quedar electos. Estaba en sus primeras metas sus bolsillos, antes que las necesidades del pueblo. Otros, caminan dejando el sudor de su esfuerzo en las calles polvorientas o húmedas, sin importarles, andar con sus zapatos enlodados para trabajar honestamente. Todo posee una dicotomía. Lo bueno opuesto a lo malo, lo honesto y lo deshonesto.

Al culminar las elecciones, Don Julián se vio arruinado por su pérdida. Fue mucho el dinero que destinó para su campaña. To- dos le daban promesa de su voto; sobre todo, aquellos que ayudó, económicamente. Sus lágrimas se derramaron por todas las calles hasta perderse en los lugares más secos. Luego, de este déficit eco- nómico, también, llegó al extremo de que le negaron su idoneidad como médico, pues se le acusó de ejecutar abortos a menores de edad.

Con la cabeza caída y, muy arrepentido, acudió donde el actual diputado quien era hijo de su amigo Céfiro, personaje olvidado en su gestión pasada. Pasaron las horas, un sudor frío se apoderaba de su cuerpo. Preguntó a la encargada de la oficina si el Honorable lo podía atender. Al regresar, la joven le respondió que ya se había retirado.

Fue cuando comprendió todo.

Muy, atinadamente, le respondió a la secretaria: _¡Ya entiendo¡ Sé por dónde se sale cuando no se desea atender al pueblo!

Una cara de arrepentimiento cambió el semblante de DON Julián y de aquel calor que azotaba hasta a los más fuertes. Hoy había aprendido una lección que descifró en cortas palabras: **"Todo lo que sube, tiene que bajar"** y siempre **"se cosecha lo que se siembra".** Si no sembró, ahora, él salía por la puerta que él mismo construyó: **Por la puerta de atrás.**

_ Esto es parte de la política. _ enunció en forma de monólogo. Se retiró, con su cabeza baja, oliendo el polvo con sabor a derrota.

UNA **OBLIGADA PARTIDA**
Cuento No 7

Triste partida

El hombre sueña sus sueños,
Busca metas con cuerpo y alma,
Pero estos crecen, en su momento, ante el viento, quieto
o sin calma.
El sueño en vida te hace crecer,
Formar mundos con pies y caras,
Mundo que estropea como máscara,
Cuando te corresponde padecer,
Triste partida, triste partida,
Cuando ya no puedes caminar,
Se te quiebra la fuerza,
Se te quiebra todo,
Cuando se sumerge tu vida
En el frío, ósculo,
Un adiós eterno, un adiós eterno de tu platónico sueño.
¿Dónde están las vibras de la vida?
Que se desvanecen, en una partida

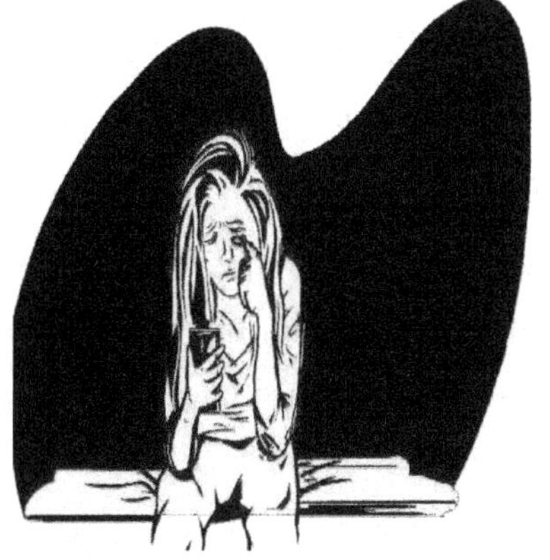

Una obligada partida

Gualaca lo apodaban todos, pero su verdadero nombre era Aníbal. Este sobrenombre se originó por ser oriundo de Los Ángeles de Gualaca. Era un señor de unos sesenta y cinco años y, por carecer de estudio, se dedicó a la carretería. Le pagaban por votar basura, cargar leña u otro tipo de equipos pesados en su carreta la cual iba halada por un caballo blanco y grande, de un pelaje hermoso. El animal tenía un caminado elegante que parecía cuarto de milla. Este lo recibió de una figura política como agradecimiento por los votos que le consiguió durante su campaña. Eso sí tenía Gualaca, era político hasta morir. Por ser un fiel adepto contrario al gobierno del General, fueron muchas las veces que lo persiguieron. Por lo tanto, tuvo que retirarse con sus hijos y esposa por unos años a otro lugar, en donde se dedicó a esta misma actividad y a cosechar café. Tenía miedo que le pasara al igual que a algunos de sus coterráneos quienes por ser de oposición les saqueaban las casas y hasta les costó la vida a varios.

No era la primera vez que muchas personas intimidadas tenían que refugiarse en lugares lejanos, en el campo, donde algunos familiares, mientras duraban las acciones del gobierno militar. En las áreas urbanas se veían pasar a los "tongos" con uniformes camuflajeados, en los "jeeps" cuyos colores contrastaban con ellos. Las personas se encerraban en sus casas, muy aterrados y, especialmente, los que no compartían los ideales políticos con el poder. En sus manos, se veían las metralletas que las levantaban, para quienes los vieran sintieran el miedo, por no simpatizar con el gobierno. El pueblo los denominaba **"batalloneros".**

Gualaca vivía alegre y orgulloso de su vida. Pese a su pobreza, educó a sus hijos bajo la fe católica y los encaminó a una educación que era como decía él "**la única esperanza del pobre** ". Construyó una pequeña casa en un terreno que compró y que, en esa época, estaban baratos. Se puede hablar de doscientos o quinientos dólares. Lo poco que ganaba no le alcanzaba para construir una casa. Así que, con unos desperdicios de zincs, maderas y cartones, construyó su rancho. No tenía dinero para mobiliarios, ni para una televisión como entretenimiento. A veces, sus hijos se iban a ver caricaturas donde su vecino Lacho, un señor que se dedicaba a la venta del café y vivía en mejores condiciones que ellos. No era la primera vez que a estos los largaban de esa casa, con argumentos de que deseaban dormir y no querían ruidos.

Gualaca se iba todas las mañanas al río para bañar a su caballo. Luego, llegaba a su casa a preparar su café. Ya su esposa le tenía, en la vieja mesa de la cocina, su pedazo de tortilla asada. Después de ello, comenzaba su tarea de acarrear leñas, basuras, y otros enseres o necesidades de los vecinos. Los sábados y domingos los utilizaba para cosechar café. De alguna manera, tenía que mantener a su familia, para no naufragar en este mundo injusto, donde los que más sufrían eran los afectados por la pobreza o las desigualdades sociales, económicas y políticas.

Gualaca, muy buscado, por sus servicios. Con un pago que no era tan bueno. Tenía que hacerlo para brindar alimentos a sus siete hijos. Esperanza de trabajo, para nada. Este gobierno había atropellado tanto su dignidad que le montó una acusación legal para que no laborara en lugar alguno. Sabía que por ser de oposición no le iba muy bien. La última vez que asistió a una reunión sediciosa en donde se organizaba una contienda contra los atropellos del poder, recibió una nota la cual colocaron en la jáquima de su caballo.

Era una advertencia en donde le solicitaban que reflexionara sobre su posición insurrecta. Ese día, Gualaca no cerró sus ojos ante la preocupación. Nadie comprendía su lucha para sobrevivir, escuchar en las noches la lluvia sobre los pedazos de zincs remendados de su casa y el levantarse, muy tarde, para colocar platones, con el fin de que las gotas del agua que entraban por las rendijas del techo, no convirtiesen la parte interior de su casa en un lodazal. A pesar que su esposa al hacerse el piso de su zurcida vivienda, tiró mezcla de tierra con ceniza para endurecerlo, este ante tanta humedad se convertía en un área fangosa. Eso nadie lo comprendía. Pasó varias noches de desvelo, ya que eso indicaba que tenía que huir, nuevamente. Hasta ese momento lo terminó de asimilar, cuando escuchó a lo lejos un jadeo, desde el lugar donde amarraba su caballo.

Se levantó. Caminó, sigilosamente, y fue cuando vio al animal tirado en el suelo con mucha espuma en el hocico. Se acercó a él. Reflexionó que esa nota de hace pocos días, fue una sincera amenaza. Estuvo acompañando a su hermoso animal hasta que cerró sus ojos. No pudo dejar de percibir su dolor con unas lágrimas, perdió a su caballo y, en cualquier día, peligraba él y su familia. Con mucho enojo, tomó una pala que estaba cerca de su casa y cavó un hueco muy hondo, para enterrar al animal. Cada vez que hundía la herramienta en el suelo, sentía que aplacaba su enojo. Sabía que sus palabras se perderían ante una acusación, que su ánimo decaería más, porque seguiría el atropello en contra de su persona. La lluvia caía gota a gota sobre sus ojos, donde se perdieron con las lágrimas.

Al amanecer, le dijo a su familia que se alistaran que tenían que irse muy lejos. Los niños preguntaban por el caballo, y por qué se iban a mudar nuevamente, sin una respuesta. La esposa lo miró sin comentarios, porque en el fondo entendía todo lo que estaba pasando, ya estaba acostumbrada a andar errante, por no compartir las mismas ideologías.

EL SUSPIRO DE UNA FEA

Cuento No 8

Suspiro de una fea.

Reflexionaba una fea,
Por su futuro porvenir,
Mientras meneaba la batea,
Y su trágico sufrir,
Quería un hombre, que la viera,
Tal y como ella era,
Sencilla, torpe y sin elegancia,
Pero, tierna, con gran prestancia.
Los que llegaban a ella,
Lo hacían por interés,
Cuanto ha sido su querella,
Que todo le sale al revés.
Fea soy, decía con orgullo,
Inteligente, es mi pasión
Y he descubierto cual capullo,
El más tierno rincón
Para disfrutar las bellezas,
La naturaleza, con devoción,
Y aunque me encuentre sola,
Fea soy, es mi inspiración.

El suspiro de una fea

Maragota, de tez blanca, cabello negro, de ojos un poco tuerta, cojeaba de un pie, por costumbre, poseía una risa estrepitosa y una voz estridente que cuando exponía la clase los estudiantes se irrita- ban y le respondían con palabras groseras. Ellos argumentaban quelas explicaciones que daban con esa voz chillona y poco modulada, los situaba agresivos. Además, la acompañaba una vestimenta extraña.A veces combinaba un verde con rojo, un chocolate con anaranjado. Sus alumnos la apodaban "Betty la Fea", como la protagonista de la telenovela que mantenía a toda la audiencia panameña absorta desde las siete de la noche, cuya figura era extraña y torpe. Pero, de una inteligencia inigualable.

Sin embargo, como dicen muchos "**lo exterior no es lo que importa, sino su belleza interior**". Esto es lo que acompañaba a Maragota quien poseía una sinceridad y un espíritu de solidaridad, para con los asuntos injustos. Siempre se le escuchaba abogando en contra de hechos que infringían los derechos humanos, a regañadientes hacía valer sus justas acciones y las de los demás.

Se le veía, diariamente, en su pupitre, con la cabeza, entre sus manos vociferando **"¡Hoy me viraron la escoba! ¡Todo me sale mal! ¡Hoy los chiquillos no me hicieron caso, me tuve que sentar ante el ruido de estos! Mi voz se perdía."** Por su benevolencia, los estudiantes le perdieron el respeto, eran irónicos y no les prestaban la atención a sus clases, aunque los amenazara que iban a reprobar la materia. Ya la conocían, siempre les decía lo mismo y terminaba perdonándolos de sus conductas leves y gravísimas. En una ocasión, le cerraron la puerta del laboratorio, en la parte de afuera, por largas horas. Sus colegas la escucharon gritando y pidiendo le abrieran o se iba asfixiar, ya que era claustrofóbica. Terminó citando a los padres de familia, pero estos hicieron caso omiso a sus quejas, ya que terminaron exponiendo agravios en contra de la profesora. Ellos sustentaban que Maragota, la apodada Betty la Fea, era la del problema. Contaban con el consentimiento de la directora del Plantel, quien, por ser de la comunidad, los padres conocían sus "cuitas". Es decir, "**El que tiene cola de pajas, no puede señalar otros hechos**". El sueldo era muy jugoso y a ella no le convenía que la tuvieran en la **"silla de los acusados"**, porque la separarían del cargo. Así que la profesora de biología no tenía el apoyo para aplicar la disciplina.

En cuestiones del amor, Javier fue el último novio que tenía Maragota. Se relataba que los pretendientes la dejaban, porque en el momento de querer pasar un momento de intimidad con ella, se la pasaba todo el rato detallando de las enfermedades TS y que era mejor abstenerse a las relaciones a que poseer un contagio. Esta era su conversación preferida. Estaba realizando un estudio científico para combatir el SIDA, con base a plantas medicinales. Por consiguiente, era su tema de preferencia. Por eso, todos conocían con detalles los experimentos y procesos de su proyecto y las propiedades de algunas plantas, con funciones alternas.

Ella perseguía un sueño y era el de ganar el premio Nóbel para el invento más novedoso que beneficiara a la humanidad, el cual figuraba en un pago de cincuenta mil balboas, una medalla de oro con la imagen de Alfred Nobel y un certificado de honor a la investigación. En su casa, instaló un pequeño laboratorio donde fusionaba una serie de plantas y elementos extraños que la hacían pasar semanas en ello, claro, luego de su trabajo.

Al llegar a casa, siempre estaba su amiga quien la acompañaba horas y horas, en su largo proyecto. Iba a la cocina, se servía una taza de té y sonriente, se sentaba frente a ella. Le relataba todo lo que sucedía en su trajinado día. Mientras descansaba, a su lado, se echaban Pinky el gatito majadero que le sobaba sus piernas con su rabo, para consolarla, cuando la veía sumergida en su soledad o cansada de su larga investigación. Igual, Lucky, aquel perro que encontró un día en la calle y se lo trajo para que fuera quien le hiciera ruido en las noches, para sentirse que existía en ese barrio.

Estos eran sus acompañantes. Ella estaba completamente sola y desde cuando su madre falleció, al cumplir once años de edad, esa casa no la habita nadie más. Su padre la acompañó hasta que cumplió su mayoría de edad; luego, terminó fugándose con la empleada de su vecina, olvidándose de ella.

Los vecinos rumoraban que la profesora era extraña, porque se le escuchaba de noche trasteando y hablando sola. Una música instrumental salía por las ventajas de su casa hasta tarde de la madrugada. Muy poco la visitaban, por ello, nunca conocieron el dulce corazón de su vecina. Solo se dejaron llevar por los rumores de personas que se dedicaron a relatar historias extrañas de brujerías.

Estudió con una beca destinada a estudiantes de bajos recursos, por sus excelentes rendimientos académicos, ya que su alto índice se lo permitió. Al finalizar su licenciatura, con el honor de Sigma Lambda, le dieron la gratificación de estudiar una Maestría la cual le permitió involucrarse en este Proyecto tan anhelado por ella. El comité de Suecia ejecutó este concurso, para que muchos científicos, a nivel mundial, participaran para solucionar o minimizar enfermedades que azotaban a millones de personas y que se situaban en el número uno en mortalidad.

Una noche, antes del evento que se realizaría en su país, Maragota exhausta se sentó frente a su amiga y tomó el té para brindar su éxito. Se duchó y se tiró en la cama, sin aliento. Eran muchos días y noches que le robaron sus energías ante su disposición entregada en esta investigación. Todos los participantes estuvieron atentos unos con otros, pero jamás tuvieron el indicio de que Maragota fuera su rival. La veían como una oportunista en un lugar que no era el suyo. Maragota analizó todo eso, pero se durmió ante tantos pensamientos y agotados experimentos.

El día del evento, entre ruidos y aplausos, Maragota fue a presentar el Proyecto el cual preparó con tanto esmero. Los CD, los ensayos, los materiales. al iniciar todo estaba en desorden. No sabía cómo comenzar. los nervios la habían aprisionado. Pese a que unos minutos antes se tomó un té caliente de tilo. Estaba helada. Todos sus años investigando estaban en el rumbo del fracaso. Escuchó carcajadas a su alrededor. Estaba avergonzada. La alarma del reloj la sacó de ese sueño que la convirtió en una piltrafa humana. Todo era un horrible sueño.

Se levantó apresurada. Su amiga estaba en el mismo lugar, muy fielmente, y si hablara la hubiera criticado, fuertemente, ante los arreglos que se hizo. Iba vestida con un pantalón de tela estilo rayón en color aceituna, unos zapatos anaranjados y una blusa amarillosa. Antes de irse, se despidió de sus mascotas brindándole pan con leche. Cerró sus ojos y meditó un largo rato. Escuchaba el tic tac del reloj, el maullido de su gato que le sobaba sus piernas, con su cuerpo de pelos y el lig –lag del perro que lamía tomándose la leche, apresuradamente. El ruido del taxi la sacó de su mundo, quien manejaba sonaba las bocinas, estrepitosamente, que daba deseos de gritarle unas eufémicas palabras para que se fuera, ya saben para donde. Al llegar, se encontró con grandes investigadores en el ámbito de la medicina. El mejor argumento era el ganador. Los medios de comunicación abordaban a los más famosos en el campo, a aquellos que habían trascendido las fronteras con sus inventos. A Maragota, la evadían y pasó inadvertida ante la popularidad de los demás.

Al culminar el proceso de presentaciones y de espera, el dictamen fue para ella. Ante el asombro de los participantes y medios de comunicación. Se inundó de dudas Margota quien reaccionó ante el segundo llamado para la aceptación de su premio. Esta entre lágrimas aprisionó una cuantía de dinero en un cheque, entre sus dedos, el premio de una medalla de oro con la imagen de Alfred Nobel y un certificado de honor. Sus palabras se quedaron mudas, pero un gracias inundó la concurrencia quien perplejos miraban el tan codiciado premio. Lentamente, se alejó del "**pódium".** No le llegó palabra alguna. Estaba perpleja al igual que todos. Pero se ganó el tan anhelado éxito. Sabía que muchas miradas la querían petrificar, pero ese fue el resultado de tanta dedicación. Caminó rápido. No quería hablar con nadie. Se quedó esperando los aplausos del público, la algarabía de todos en el recinto. Quería que ese momento pasara rápido, así como transcurrían los días monótonos de su vida.

Desde el lugar a su casa, venía evadiendo a los periodistas quienes relataban la historia de este largo proyecto. Abrió la puerta. Se sentó frente a su amiga, dobló su cabeza hacia ella, dándole un gracias, ya que nunca le había fallado como otros. Introdujo un CD en el equipo de sonido que reposaba en el anaquel que sostenía el televisor, para escuchar El **suspiro de una Fea**. Bailó hasta cansarse. Cada zapateada le recordó su niñez, cuando participaba en el conjunto típico de la escuela y en las presentaciones estaba su madre, aplaudiéndola desde lejos.

¡Cuánto la extraño, en ese momento!

Retrocedió la música. Se sentó frente a su amiga e inclinó su rostro en el mueble. Ella no podía musitar palabra alguna, ante tantas preguntas, dudas y conversaciones de Maragota; ya que, era, simplemente, una computadora (no se los había dicho ¿verdad?). La acogió en su regazo donde se durmió, apretando en sus manos el papel de sus sueños.

Los ladridos del perro en forma extraña y el sonido del equipo de sonido, en volumen muy alto, hicieron que los vecinos llegaran a visitar a Maragota. No era normal en ella, escuchar música a tan alto volumen. La encontraron en su suelo perdido, reclinada frente a la computadora. Mientras tanto, de las bocinas salía una música instrumental que agonizaba, ya rayada.

Los medios de comunicación y las autoridades llegaron al lugar. Examinaron a la tan reconocida científica quien estaba inerte, fría, poniéndose de un color azul. Cuando los peritos de criminalísticas levantaron su cuerpo inmóvil, uno de los especialistas quedó extrañado, argumentando que la profesora había suspirado. Todo ello, ante la crítica de sus compañeros quienes respondieron: **"se está poniendo azul." No puede suspirar.**

LA SANTERA
Cuento No 9

La santera

En una esquina, de un lugar poblado,
Vivía, una señora, que con confianza,
Leía en las cartas, tu presente y pasado,
Pero, en muchos, logró la desconfianza.

Se hablaba de santos y luces extrañas
Que formaban parte de su rincón,
Se hablaba de sus grandes hazañas,
De curas y brebajes, con oración,
No faltó el oportunista,
De burlarse sin compasión,
Pero, en las noches oscuras.
Tocaban su puerta, con emoción,
Para que le dieran la cura,
De cualquiera situación,
Pero pedían a la señora,
Silencio y discreción,
Pues, era feo que los vieran,
Faltando al gran Señor.

La santera

Todo el barrio resplandecía por el incendio. Era, casualmente, la una de la madrugada cuando todos dormían. Nadie pudo percatarse del suceso para ayudar, cuando despertaron, estaba la casa abrasada en llamas. Alguien había llamado a los bomberos, quienes con largas mangueras trataron de apaciguar el fuego. Todo quedó deshecho, hasta la dueña decían sus vecinos, porque esa señora nunca salía de noche y, cuando se iba, dejaba a todos anuentes para cualquier situación imprevista. Por ello, muchos argumentaban que "la Santera" terminó sus días en fuego. Así le llamaban a la Señora Marcelina, quien en sus veinte últimos años los dedicó a las actividades de la cartomancia.

Se escuchaban rumores no muy buenos de ella, mientras las camisas rojas hacían su labor de contrarrestar el incendio el cual se iba poco a poco. Algunos comentarios sobresalían de los espectadores quienes determinaban que fueron asuntos del demonio, que este señor vino a buscar su alma, que estaba en asuntos extraños. Para otros, fue una señora que, bajo su mística seriedad, ayudó a muchos.

Marcelina era una señora de unos setenta años de edad. Cuando residió en Brasil, desde los veinticinco años, aprendió el manejo de las cartas y la botánica. Al llegar a Panamá, se dedicó a este oficio el cual le permitió estudiar a sus dos hijas. Era de cuerpo voluptuoso, de cabello largo, rizado y corto, le faltaban varios dientes en la parte delantera. De vez en cuando, portaba una sonrisa. Prefería mantener su boca cerrada para esconder los espacios de los pocos que le quedaban.

Algunos habitantes del barrio temían tener amistad con ella, pese a su actitud serena y dulce que poseía. La imagen que le pintaron era de una santera que hacía amarres para parejas, separaba hogares, buscaba objetos perdidos e informaba sobre los gestores de un robo. Fueron muchos los problemas en que se vio incursionada cuando delataba a alguien que hacía una fechoría. Esto la llevó hasta a asuntos legales, por parte de aquellas personas que no guardaban el secreto y manifestaban "la señora Marcelina me lo informó". Por esta razón, por sus acertadas respuestas, argumentaban que la señora tenía pacto con el diablo y que este, tarde de la noche, la visitaba para ayudarla en sus actividades esotéricas.

La tía Petra era una de sus asiduas visitantes quien siempre iba a hacerse las cartas para ver si su marido la engañaba. Siempre terminaba en grandes discusiones afirmándole a su marido su delito. Según la tía, la señora era muy visitada por personas de afuera que creían en sus predicciones. Era una actividad que le daba ganancia, ya que en un día se hacía hasta ciento cincuenta balboas. Los taxistas, igualmente, lucraban de ello, ya que las carreras que hacían, frecuentemente, eran destinadas donde "La Santera".

La casa de la señora Marcelina era humilde. De un color naranja. Quienes, alguna vez, la visitaron, describían la _ parte interior, un poco mística. Estaba repleta de santos. En un lado estaba el Divino niño, la Virgen De Guadalupe, Santo Tomás, San Antonio, entre otros. En el techo colgaban unas guirnaldas de colores vistosos y que con la brisa originaban un ruido agudo. Un lugar fresco, acogedor y que no indicaba signos satánicos, como muchos relataban. En cada esquina, donde reposaban las estatuas y figuras, había velas encendidas.

Para épocas de Semana Santa, en el Vía Crucis, los feligreses católicos poseen la costumbre de pasar de casa en casa y rezar. Son doce estaciones que representan el recorrido de Jesús antes de su muerte. Las familias colocan mesas con manteles blancos y un cuadro con la imagen del Señor. La comunidad organizadora de esta actividad iniciaba las visitas para rezos y cantos, a las cinco de la tarde. Cuando le correspondía a la señora Marcelina, todos se alejaban del lugar dejando desolados a los dirigentes con sus rezos. Los que estaban cerca del lugar, escuchaban los rumores de las personas mal intencionadas: **"que eso iba en contra de Dios y traería la cólera que oraran en la casa de la Santera"**. No obstante, algunas señoras de más edad agregaban que cuando nuestro Padre estuvo en la tierra anduvo con todo mundo, sin discriminar a nadie, porque era fiel ejemplo del perdón. Así, relataban el caso de la prostituta que anduvo con Jesús en sus peregrinaciones, de los milagros que Él hizo, sin mirar a quien.

La señora Marcelina curaba dolencias. Siempre en sus atenciones, se veía que la gente salía con bolsas de hojas _ medicinales para sus curas. Brindaba masajes con ellas y un bálsamo frío que traspasaba los huesos, no sin antes rezar oraciones un poco extrañas y amarrar un hilo rojo en la mano derecha de la persona.

A los que les leía la carta, esta señora les presentaba un manojo de estas, ya un poco deterioradas y se las colocaba al frente, ordenando con voz fría y pausada "Corte con la izquierda ". Se quedaban extrañados, porque salían secretos que resultaban verdades.

Los niños, al pasar frente a su casa, miraban de reojo y corriendo, ya que sus madrecitas les ordenaban al salir: "no vayan donde "La Santera" o les sacará la lengua" o, si no querían estudiar, los amenazaban que los iban a llevar a donde ella. De esta manera, los niños asustados trataban de comportarse de lo mejor, con tal de que no los castigaran con ese lugar.

La señora Marcelina enterada de esas actitudes sólo reía y comentaba con sus amistades, que eran pocas, o a sus clientes quienes eran muchos, que a escondidas estas mujeres visitaban su casa para que les hiciera el oficio de las cartas y al retirarse decían bajito: "¡Qué nadie lo sepa¡¡ Qué sea un secreto!" Pagaban y se iban escondidas en la oscuridad. Los domingos, acudían a misas y la criticaban, muy fuertemente.

Mientras la gente murmuraba la vida de Marcelina, La Santera, uno de los bomberos sacó entre los escombros un jarrón de vidrio con piedras de colores el cual estaba lleno de agua e intacto, sin señales del fuego que azotó. Las personas, entre gritos, comentaron que ese era un jarrón que esta señora utilizaba para ver, a través de él, sobre algún secreto que le preguntara el cliente. Algunos escucharon en silencio. Con rostros de miedo se fueron retirando. Sólo quedaron las cenizas acompañadas del jarrón.

AFRODITA
EN LA CAMA
Cuento No 10

¡Oh, sutil sueño ¡

Los sueños son como las hojas,
Se van fácilmente con el viento,
Pero, muchas veces regresan,
A forjarse en ti, sin aliento.

Decisiones, dichas y sufrimientos,
Se enmarcan en cada paso que dés,
Preguntas, sin discernimientos,
Se vuelcan en silencio, al revés,
Son tus pasos, cual destino,
Que buscan el mundo exterior,
Decisiones, perennes, sin atinos,
Y roban tus sueños, sin clamor,
No es que se pierda la magia,
Pero no todo lo que busques,
Y organices, ha de ser,
Camina como cual buque,
Busca el mañana o el atardecer.
Todo en esta vida es historia,
Nada pasa, sin ser notoria.

AIDA

Afrodita en la cama

¿Dónde está el amor?
¿A dónde va cuando muere? (De: Afrodisiaco)

Afrodita llegó a trabajar en ese lugar por inocencia. El hogar donde había nacido era todo un caos. Su madre, una famosa antropóloga, muy reconocida a nivel internacional. Su padre, un arquitecto, aunque no de mucho renombre. En él influyó más el alcohol que los libros y la universidad. Cada vez que la madre de Afrodita llegaba, le daba golpes, gritos y maltratos, hasta cuando "**la última gota rompió el vaso**", pues se metió con una prostituta baratera y esta le dio un hijo. El argumento es que todo fue en una noche de borrachera. Esto no se lo perdonó Afrodita, quien luego de separados sus padres, decidió irse lejos. Soñaba con ser modelo, ya que conocía de sus atributos, sin que alguien se lo dijera. No necesitaba mirarse al espejo, para confirmar que su destino era estar en las pasarelas más famosas del mundo, solo tenía que pulir unos movimientos, vestir con los atuendos más elegantes y conocer en algo el idioma francés e inglés.

La pregunta modular que se hacía Afrodita era: "¿Cómo entrar a ese mundo del modelaje?! Su vecina, Penélope, quien conocía los sueños de la joven, buscaba en todos los periódicos habidos y por haber, para conectarla con una Agencia de Modelaje. Hasta que un día con gritos de alegría, llamaba a Afrodita para darle la noticia. Una agencia de Estados Unidos conectaba a jóvenes entre 18 a 30 años, en este mundo tan ansiado y, también, limitado.

Fue en ese momento, después de recibir la noticia y el periódico en sus manos, donde estaba la invitación, cuando empezó a confeccionar su mundo. Leyó, releyó, buen salario, una buena personalidad, estatura media de un metro con sesenta y cinco en adelante, facilidad de expresión: características que ella poseía.

Llamó por teléfono a esa agencia y le agradó más la noticia, ya que le explicaron que contrataban jóvenes para irse al extranjero a estudiar y trabajar. Las querían jóvenes, bonitas y elegantes. Afrodita era bella, cuando su madre la parió, se recordó de las diosas del Olimpo y pensó que así sería su hija, como una Reina Mitológica. Su realidad, ahora con 17 años, no contradecía esto. Poseía una belleza angelical; ojos de color miel; cabello ondulado, largo; senos pronunciados. Por ello, sus amigos siempre la adulaban por esa gran "pechonalidad", acompañada de su estatura y su piel bronceada, se parecía a ese personaje que se describía en la literatura griega. Al llegar, el Gerente le aseguró que se iría, inmediatamente, a Estados Unidos. Le auguró ser una modelo famosa.

Esa noche, Afrodita no durmió, muy contenta, pues se separaría de sus padres. No iría a vivir con ninguno de los dos. De su padre le molestaba su vicio alcohólico y por haberle dado un hermano al ser infiel a su madre. Y, con su madre, para nada. Desde pequeña, estuvo sola, cuidada con empleadas. Se la pasaba trabajando y al llegar, no emitía palabra alguna con nadie. Ni con ella. Se conectaba en su celular, horas y horas, riéndose y chismeando. Así que redactó una carta. Sí, sería la última comunicación que mantendría con ambos: "Me voy lejos a estudiar, no preguntes dónde, sólo ten por seguro, que pronto sabrás de mí, ya que seré muy famosa." Fue un sueño de Reina, de una Diosa dueña del mundo, de la fama y del éxito. Ya se veía en las grandes pasarelas y en la televisión, donde todos sus conocidos, la mirarían y envidiarían.

Al abordar el avión, no pensaba en más nadie. Sólo en su sueño, como una modelo famosa. Muy repleta de hermosos vestidos, de diversas marcas, de variados zapatos, un lujoso apartamento, sin olvidar su coche. Al despedirse del Agente de trabajo, se le olvidó preguntar por su VISA, ¡por sus papeles legales! ¡No! Desechó ese pensamiento. Ellos saben todo. Por consiguiente, prefirió imaginarse que sería recibida como lo era: una gran dama.

Al llegar al lugar de destino, la estaban esperando. De un sedán color amarillo, salió un hombre moreno, de facción un poco dura, piel abandonada por el tiempo y poseía un acento de un español americano.

_¿Señorita Afrodita? —Le preguntó

_Sí, ¿Usted viene por parte de la Agencia de Panamá?

__Sí señorita.

_A dónde me lleva, me gustaría saber **_A las Mil y una Noche.**

_¿Mil y una noche? No me haga reír. Entonces yo soy la Reina Cherezada. Hasta que tengo un nombre de una Diosa, resulta que voy a conocer a Aladino. Dejó de hablar, ya que la seriedad del chofer le fue enfriando hasta las venas que respiraban ya de miedo.

Pensó en su madre, en ese momento, a medida que el automóvil avanzaba. Quería llamarla, pero se recordó que todo su equipaje lo tiraron en el maletero del vehículo. Hasta la cartera donde llevaba sus credenciales personales. La grande ciudad la intimidaba, La empequeñecía. Hacía que su corazón se encogiera de angustia. Cerró los ojos para imaginarse que estaba llegando a su destino soñado. Meditaba y aún recordaba el mensaje que le dejó a su madre, encima de la mesa del comedor, en un lugar visible. Sabía que ella, aunque evasiva, le dolería su partida.

El automóvil frenó en el momento que llegaron. Era un lugar extraño que no se parecía a un hotel de huéspedes o a un centro de estudios de modelaje. En nada. Era elegante el sitio, muc h a s luces, en el frente se veía el nombre que confirmaba el término metafórico: **Las mil y una noche.**

¡Señor ¡Disculpe la pregunta, creo que se equivocó de lugar, yo vine a estudiar para modelo! Eso fue lo que me dijeron en la Agencia. —Dijo Afrodita.

Una risa cínica invadió el rostro del señor quien paró un momen- to para encender un cigarrillo. Lo inhaló y el humo que salió de sus pulmones se lo tiró en la cara de Afrodita quien, al tratar de pedir auxilio, se dio cuenta de que todas las puertas estaban cerradas. Una respiración espasmódica fue envolviendo sus pulmones, ante los efectos de la claustrofobia. Se fue quedando sin oxígeno, hasta el punto de desmayarse.

Amaneció en un cuarto extraño y maloliente, donde las fragancias de perfumes baratos, residuos de licor y cigarrillo penetraban hasta sus huesos. Afrodita fue comprendiendo su error, con el pasar del tiempo. Aunque, después de todo, no sabe si fue error, horror o suerte, ya que ganó mucho dinero, sacándole partido a su belleza. Su pletórica juventud. Su prestigio aumentó los ingresos del lugar y de ella. Mandatarios, ricachones, personajes públicos y de la farándula buscaban a Afrodita. Se hizo famosa en su mundo. Pero, no en la televisión, como en sus sueños, en esas pasarelas, con música y vestidos elegantes.

Así fue como Afrodita relataba a sus amigas cómo había llegado a ese lugar. No quiso llamar a su madre. Perdió todo contacto con ella y, mucho menos, con su padre. Se fumaba un cigarrillo, mientras pasaba, nerviosamente, en sus manos el libro de **"Afrodita en la cama**": **Aprende a satisfacer sexualmente a un hombre de Aldo Rosell**. Lo miró con una sonrisa irónica y se lo pasó a las jóvenes quienes la miraban con la incógnita, ante el deseo de preguntar cuan satisfecha o insatisfecha se sentía de su destino final.

Bueno, así como yo llegué, ustedes también. Antes fui una acompañante. Era una amante sexual. Hoy soy instructora. He escalado en este mundo, poco a poco. Mis sueños de modelos rotos, con el alma vacía—musitó con desdén aunque sí con bellos vestidos, zapatos, joyas. Pero, muy lejos de las pasarelas y escondidas de las cámaras que te hacen famosa en los medios de comunicación.

Mientras hablaba, ya su rostro envejecido no mostraba interés alguno en el tema el cual estaba abordando. Pero de la agilidad que desarrollaran las jóvenes en su "trabajo", aumentaría la clientela. Mientras conversaba, sacó una botella de **Champagne**, ya descorchada y le sirvió a cada una, en una copa.

_¡Brindemos por las Diosas del Amor ¡

EL
NAZARENO
Cuento No 11

Buscando caminos

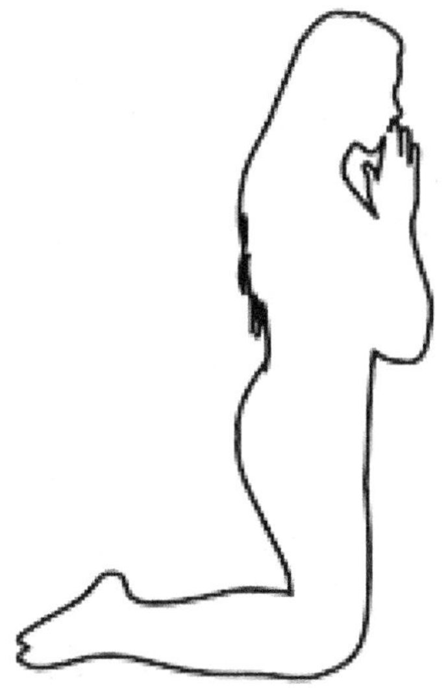

Voy buscando camino,
Y quiero encontrarte a ti
Me pregunto cuál es el destino,
Si me acerco o alejo de mí.

Sé que existe el milagro,
Y tu devoción creadora,
Eres pasión merecedora,
Oh Señor, a ti me consagro.

Buscad de ti, dice la gente y, diariamente, el Sermón.
Pero la lengua, es la peor fuente
Que castigas con precisión,
Cuando esta se desvía,
A calumniar, sin distinción,
Y rezando, crees que te mereces, perdón y la admiración,
Todo es vanidad, sin costo,
Pues, la maldad no tiene compasión.

El Nazareno

El sudor y el cansancio fueron adueñándose del cuerpo de Mercedes quien de rodillas estaba llegando a su destino. La túnica de color morada, mojada de sudor y de frío, de la pesadez de su cansancio. Sus ojos se marchitaban ante el calcinante sol que producía, en cada espacio de la cobertura de su mirada, un **cocuyero** que pululan en el espacio. Sangraban sus piernas ante el desprendimiento de la piel. Muy cerca, otros feligreses caminaban callados. Las úlceras de sus pies no les permitían avanzar. A lo lejos, se divisaban personas cargando cruces, con coronas de espinas en sus cabezas las cuales sangraban por el dolor y el contacto que hacían los cueros cabelludos con estas; discapacitados en sillas de ruedas que iban empujadas por familiares; parejas de esposos; ancianos y niños.

Era la celebración de la Semana Santa, pasado el miércoles de cenizas y en Atalaya, concurrían personas de todos los lugares a pagar sus "mandas". Provenían desde Montijo, Las Palmas, de Ducal de Veraguas, de la Villa, Las Tablas, Panamá, Bocas del Toro, Chiriquí y hasta de otros países centroamericanos. Unos se iban a celebrar con sus familiares y amigos la quema del muñeco que representaba las peregrinaciones de Jesús; otros se iban hacia Trinidad, corregimiento de las Huacas del Río de Jesús donde tras largas horas realizan sus peregrinaciones y con velas encendidas, hacia el árbol de granadillo que, según los devotos, sus raíces y hojas tenían poderes curativos y milagrosos. Le encienden velas al árbol y extraen sus raíces y flores, precisamente, el Jueves Santo y las tiran en alcohol donde forman un bálsamo para los males. Todo se concentraba en Atalaya. La Atalaya. En este lugar, según leyendas, fue encontrado el ícono de Jesús de Nazareno. Algunas personas quisieron trasladarlo a la Parroquia de Santiago, pero los moradores del lugar se opusieron, pues en el corto tiempo de su estadía, había hecho muchos milagros. A quienes se les despertó la idea de llevarse el Santo, se les hizo difícil. Este se hizo tan pesado que no lo pudieron sacar ni con carretas ni con bueyes. Según los creyentes: "Él quería quedarse en esta basílica acompañado de San Miguel Arcángel". Así lo aseguraban. El sol calcinaba las entrañas de los que caminaban y de aquellos feligreses que solicitaban al Cristo milagroso las gracias, por habérselos concedido.

Mercedes ya hacía quince años que participaba de estas procesiones. Este es el tiempo que ha durado su vida después que los médicos le diagnosticaron una enfermedad incurable.

Estaba perpleja al frente del médico con su cara desfigurada de dolor, extraña ante el funesto resultado. No

No sentía molestia alguna, hasta que se encontró una pequeña protuberancia en el cuello, luego debajo de las axilas, en las caderas. Cuando se evaluó este problema, estaba ya completamente invadida.

_ Bueno Mercedes, te seré realista –aseveró el médico con suma crudeza y frialdad—te pondré unos meses de vida, si te cuidas y te expones a las quimioterapias.

Mercedes se sumó a su sufrimiento ante su presente vida, ya casi perdida. Se sentó en un sillón reclinable a meditar, antes de que sus familiares supieran. Sumida en su pensamiento, abrió su agenda para escribir la fecha cuando le diagnosticaron la enfermedad. Justamen- te, en la página que asignaba ese día, estaba una postal de la imagendel Nazareno, con su túnica morada, su corona de espina y su rostro angelical, sufrido, ataviado de flores amarillas, blancas, lilas y rosadas. Mercedes levantó su mirada, observó a su alrededor, unas lágrimas brotaron de sus ojos y fue cuando lloró, desconsoladamente. No contaba con un hombro para postrar su cabeza. En torno a su esposo, ya se imaginaba que al describirle lo que le ocurría, con una fría mirada, simplemente, respondería: "Ahora, ¿qué puedes hacer?". Ya estaba acostumbrada a esa actitud indiferente. Llegaba de su trabajo, leía el periódico y preguntaba por su comida. Si el arroz estaba ahumado, estallaba en gritos, tirando el plato en la basura y, de esta manera, era la única forma que lo podía escuchar en el día. Su hija sumida en sus estudios, solo llegaba en la noche, con una sonrisa fingida de chica plástica. Así la habían formado, cumpliéndoles todos sus caprichos.

Se levantó del sillón y fue cuando quería recordar cómo llegó esa imagen a su agenda. Nunca había sido devota del Cristo, no iba a misas. Se paró frente al espejo y vio, por primera vez, su rostro, luego de haber engendrado a su hija y dedicarse a su hogar. Miró sus arrugas que asomaban debajo de sus ojos, unas ojeras, su cabello desarreglado, su boca reseca. Aquel rostro jovial, alegre, sólo era parte del pasado. Unas nuevas lágrimas bañaron su rostro las cuales percibía bajando por sus mejillas. Fue cuando vino a su memoria su amiga La Ángela. Hace ya cinco años que no la visitaba. La última vez que la vio, lloraba también, ante la imagen del Nazareno. Fue cuando tomó la estampita y se la metió en la agenda, argumentándole que el Nazareno sanó a su hijo. Ahora recordó. ¿Qué será de la vida de Ángela?, pensó. Salió de sus pensamientos ante los gritos de su esposo quien, en ese momento llegó colérico ante la falta de respuesta de su esposa de correr a saludarlo y preguntarle por su trabajo y porque vio la cocina desolada, sin preparativos de comida.

_ ¿Ahora qué? ¡No me digas que sigues deprimida ¡¿Por qué no está el almuerzo? Ahora te quejas de otro mal.

De reojo miró en las manos de Mercedes, concentrándose en la estampita, la cual le hizo precipitar una risa burlona.

! No me digas que ahora eres devota del Cristo al igual que la loca de Ángela quien aduce que le curó a su hijo Franklin de la meningitis ¡ espetó en forma burlona.

Tomó el periódico en sus manos y se sumergió en él. Ni se percató que los ojos de Mercedes estaban rojos por el llanto ni que necesitaba de un hombro para llorar y de alguien que le diera esperanza de vida.

Miró, nuevamente, la estampita y fue cuando se compenetró con su mirada. Lo empezó a amar. Sentía su llamado. Su pasión, su dolor, una paz bañó su interior que se le olvidó, en ese momento, lo que había platicado con el médico y la desdeñosa actitud de su esposo. Una sonrisa se perfiló en sus labios.

Desde ese diagnóstico, Mercedes es parte de los devotos del Nazareno de la Atalaya. Unos días antes de la Semana Santa, se prepara para su peregrinación.

Esta es el número quince, pensaba. Miró a su alrededor, el sol la calcinaba directamente, amenazando con sus brazos de fuego. La boca la tenía seca. Su piel estaba dorada como la tierra que estaba al borde de la calle. Quejidos, llantos escuchaban sus lentos oídos, por el cansancio. Iba llegando. A lo lejos, entre la gente, se veía Él. Se le olvidó su dolor, su penitencia, un silencio envolvió su interior, no sentía sus piernas, las voces y risas de los peregrinos que la acompañaban, se quedaron atrás, muy lejos. Lentamente, lo miró. Recordó la imagen de la estampa de hace quince años, que encontró en la agenda, de ese rostro que la hizo amarlo y que siguió viendo muchos años. Este no era el mismo. Lo buscó. No era Él. Una nostalgia se adueñó de su alma que se fue quedando fría, lenta. Sus manos se fueron desvaneciendo frente al Nazareno donde el ramo de flores cayó sobre su regazo. Su cuerpo frío por la insolación, desmayó. Fue entonces que lo vio, en ese cerrar de ojos, en donde la oscuridad reflejó su verdadero rostro. Un hilo de sangre se desprendió de su boca.

SUEÑOS ROTOS
Cuento No 12

Sueños rotos

Que frío atrapa mis sienes,
Cuando me invade la nostalgia,
Me enfría, acorrala y me hiere,
Me sacude, como cual magia.

Fantasmas sin forma,
Me invaden mi memoria,
De un recuerdo, de una historia,
me enmudece y me transforma.

Silencio en cada oscura pena
Lágrimas de desencanto,
Es el vacío, como cual cadena,
Que se desprende, de mi llanto.

AIDA NIVIA

Sueños rotos

Noemí sentía que su corazón rebosaba de alegría, Su sueño se estaba cumpliendo. Siempre vivió enamorada de Carlos. Quería estar con él. Él siempre se mostró frío ante sus coqueterías. Tenía cinco años de divorciada. Su unión no prosperó, porque la última vez que fue al médico con su esposo, se le anunció la noticia que no podía tener hijos: era estéril. Sintió que todos sus proyectos de formar una familia se vinieron abajo, pese a que su marido le decía "que no importaba que con el pasar del tiempo adoptarían uno". Además, le enunciaba, todos los días: "tu hermana tiene tres hijos y siempre terminas encariñándote con ellos". Sin embargo, esas frases de aliento no duraron mucho. Él se buscó otra quien, inmediatamente, le dio un hijo. Esto fue el término de su matrimonio, ya que Noemí provenía de una familia de grandes valores y eso no lo permitió.

Carlos ahora se había ganado su cariño. Aunque, él nunca le hizo comprender ilusiones más allá de una amistad. A Noemí, en su interior, nunca le interesó lo físico. Los pequeños detalles de él aún la hacen reflexionar el motivo de cómo entró en su vida: ingenuidad, inteligencia y porque escribía poemas, al igual que ella, aunque fueran locuras. Sólo habían entrado en su vida dos hombres: el que conoció a los 18 años, pero no pudo ser. Casado y con dos hijos. Y ahora él, Carlos, un personaje nuevo con quien montó su mundo de príncipes y hadas. Todo imposible. Ella nunca despertó su interés. Terminó confirmando que estaba enamorada sola.

Un día, como cualquiera, su corazón saltaba emocionado. Carlos terminó invitándola a pasar un fin de semana con él en su departamento, en la capital. Nunca le habló de entablar una relación. Sólo dos días, le recalcó.

Llegó con una maleta repleta no sólo de ropa. También, de esperanzas. Llevaba la meta de quedarse eternamente con él. Este la observaba a medida que entraba a su habitación. Sin disimular, detonó una risa estrepitosa, desdeñándole el porqué de tantos aperos si sólo se iba a quedar dos días, sólo dos días le volvió a recordar. Ella un poco tímida ante este reproche, le respondió: _ "Bien que te agrada que esté contigo". _" Tú eres un mal sin remedio" _ fue la respuesta que soltó Carlos, después de una vaga mirada.

En estos dos días con Carlos, su estadía fue superficial. Este se la pasó inmiscuido en su computadora portátil y frente a la televisión. **"El Neb for speed"** era más importante que ella y todo su alrededor. Sólo emitía conversación para sugerirle a que si deseaba ir a descansar lo podía hacer, que encendiera el abanico, porque hacía mucho calor, que se sirviera una copa de vino para que se quitara el estrés del viaje, que le acomodó el cuarto contiguo al de él, ya que era más cómodo y estaba cerca del balcón y; por último, cuando le aclaró una situación. Pues, Noemí trató de conquistarlo. Iba dispuesto a ello. Se puso un atuendo muy parecido al que uso para su primera noche con su exesposo y quien desde ese día no pudo resistirse a sus encantos. Una bata dormilona, de color negro, de encajes que hacían resaltar sus piernas y caderas. Un perfume agradable que hace suspirar la libidines de cualquier macho. Se le acercó al oído para dialogarle y este se le despertara el interés varonil y respondiera, inmediatamente. Noemí había leído, en las revistas Vanidades, muchos consejos para conquistar a un hombre y dejarlo anclado para siempre en su vida; que el "**devanagari**"; que las técnicas en la etapa del preludio. Pero estas estrategias no las pudo consumar. Carlos no quitaba la vista del videojuego, se la pasó embebido, sin mirar qué tipo de vestuario traía Noemí, ni para adularla y decirle por cortesía **"te luce sexy ese atuendo".** Sólo se levantó, fríamente, ante ella para espetarle que no podía responder a sus insinuaciones, que la apreciaba como amiga y que resultaba difícil corresponderle como hombre. Con la portátil en mano, se introdujo en su habitación, muy ofendido. Hasta ese momento, Noemí lo comprendió. Era verdad ese rumor que se había esparcido en el ambiente de trabajo. A él no le atraían las mujeres. Sus inclinaciones desde pequeño eran diferentes Ella pensaba que él la rechazaba por sus preceptos moralistas, que todavía guardaba, esas doctrinas de celibato, de cuando fue sacerdote. Se cansó de pensar en esa espera que ya nunca llegaría. Se sentó, tomo un pañuelo y, entonces, lloró desconsoladamente, hasta dormirse. Sabía que, cerrando los ojos, aplacaría su dolor.

El ruido de las bocinas de un camión que pasó muy cerca del apartamento, la hizo saltar de pánico. Abrió sus ojos y se percató que se había quedado dormida en el sillón del balcón. Pero sus ojos bañados en lágrimas le recordaron la parte última de su sueño, cuando se sentó en la cama a remendar su corazón que estaba hecho jirones.

Unas voces en la cocina le recordaron que estaba con Carlos pasando un fin de semana y sólo dos días. Además, que todo lo vino a relacionar cuando tocaron a la puerta y ella abrió. Un hombre de tez morena, alto y poco musculoso, entró con gran confianza y se sentó al lado de él, reclamando su espacio. Y, que Carlos encontró todas las palabras del mundo, la alegría y finura para entablar una conversación que no pudo hacer con ella.

Se levantó, se encaminó hacia la habitación y tomó las maletas para retirarse. La miró, por última vez. Unas cortinas blancas que hacían contraste con la sobrecama de un color verde oliva con ribetes grises. Unas alfombras color terracota, un baúl de madera, de tiempos coloniales, un estante de color blanco y adornos en dorado. Ni ella sabía decorar tan bien un lugar, como lo hacía él. Advertía que Carlos no se percataría de su ausencia, luego de haberse ido ese hombre que le dio a entender todas las incógnitas que llevaba por dentro. Sabía que su amigo, al sentir su ausencia, inmediatamente, tomaría el celular para llamarla, por haberse retirado, sin despedirse. Bajó las escaleras, poco a poco. Al final del pasillo de la planta baja, arrojó el celular en un cesto de basura, para comenzar una nueva vida. Sabía que este no era su mundo. Primero tenía que curar sus heridas.

UN RETORNO AMARILLO

Cuento No 13

Ojos de loto

Ojos de loto, que florecen el mar,
Que como lámpara resplandecen,
Entre la rutina, el hastío, sin parar,
Ojos de loto, que enaltecen.

Enaltecen, Ojos de loto, de ensueños,
Un alma vacía que llenas gota a gota,
Sufragas sed, sueños y retos,
Galopan y se adhieren a mis sueños,
Caminos largos y eternos,
Que, al partir, dejan alma rota.

Ojos de loto, mi sed hipnotizas
El sol se desmaya, sin tu mirada
Vivir, triste y acongojada
Cual sueños hechos cenizas.
Ojos de loto, de mí no partas
Mi día serán quimeras,
Como hojas que se tornan amarillas,
Sin ti, mi rostro empalidece,
Mi ánimo, poco a poco, languidece,
Mi alma enflaquece, con tu partida.

Un retorno amarillo

Asunción sintió una frialdad en la mejilla y en sus orejas. Se levantó rápidamente de la cama y caminó hacia el baño donde estaba ubicado un espejo grande. Se paró frente a él y observó su semblante. Cada vez estaba más pálido. Se estaban tornando como un amarillo cual cadáver. "Eso no podía estar pasándole" _musitaba, en forma de monólogo. Su rostro había envejecido unos seis años más del que tenía. "No tengo mareos" _continuaba su conversación "No sufro de resfriado", "ningún mal que amerite esta palidez" _. En ese proseguir de análisis,se percató que ya su cabello estaba encaneciendo, que ya afloraban arrugas alrededor de sus ojos, de su boca. Iniciaba la vejez para encarnarse en su persona, tal y como un mango maduro se va endureciendo y rajando, cuando pasa su tiempo.

Silenciosamente y preocupado, se acomodaba en una butaca que estaba en el balcón de su casa. Escuchó el ruido de la capital, carros, silbidos, algarabía. A lo lejos, la voz chillona de un camionero que compraba hierro viejo, con sus gritos que se esparcían por cada esquina, en unas bocinas estridente: "**se compra hierro viejo, hierro viejo".** Los interesados lo abordaban en algunas paradas, tratando de vender hasta los resortes de su cama. El hambre que azotaba era tan fuerte que obligaba a muchos hasta llegar al delito de robarse todo material confeccionado con este metal. Por esta razón, los estacionómetros dejaron de funcionar en la ciudad. Cada día amanecía uno menos.

La ambulancia acompañaba esos sonidos que enferman los oídos. Se va penetrando hasta llegar a los intestinos. Un olor a caucho quemado penetró en su habitación. El sudor dela gente se fue adhiriendo en su olfato. Al lado estaba su computadora. Para olvidar todo su pesado entorno, se introdujo en su mundo virtual.

Mientras descansaba su vista, levantó sus pies de la butaca la cual siempre la llamó Adonis. Un nombre que lo llevaba a recordar un espacio exótico, un lugar donde se conjuga el placer, la lujuria, el amor y, sobre todo, aventura. Su balcón lo convirtió en un nicho platónico, porque su soledad se abrigaba en cada parte de las paredes de su apartamento, en cada gota de sudor que provenía de ese calor tan inmenso que produce el verano o de humedad, del frescor del invierno. Toda estación lo encontraba igual. En esa esquina del mirador, con una copa de vino en sus manos y la memoria perdida en ese año cuando dejó la capital, por cuestiones de trabajo.

Se levantó, muy preocupado y caminó hacia la cocina. Abrió la refrigeradora en donde guardaba uno de los mejores vinos españoles: La Claudina, Eremita y La Nieta. Se servía buenas dosis en una copa, cuyo cuello la enganchaba entre sus dedos. A esta la acompañaba con pan, el cual hundía en pedazos, en ese rojo vino. Lo degustaba lentamente y se perdía en el ayer. Le encantaba recordar.

Una música de fondo salía de un componente que compró con sus últimos ahorros. Era la pieza flamenca, el Zarandonga.

Sarandonga, nos vamos a comer
Sarandonga, un arroz con bacala'o
Sarandonga, allá en lo alto del puerto
Sarandonga, que mañana es domingo
Sarandonga, cuchibili, cuchibili Sarandonga, cuchibili, cuchibili.

Esta lo hacía recordar cuando estuvo en España con su padre quien lo apoyó en sus aspiraciones siempre. Su estadía, ese lugar donde la conoció a ella. Estaba en el Monasterio **Santa María de la Vid** donde hizo sus votos para sacerdote. Lo profesó por un tiempo hasta que se dio cuenta que no era su vocación. Le gustaban las mujeres. _ "Y a ¿Quién no?" _ Respondía cada vez que lo cuestionaban. Ella, poco a poco, se esfumó de su confusa vida. Por su bipolaridad no logró que se quedara con él. Un día era un mar de halagos, otro día amanecía de mal humor.

Su madre le decía que **“por algo lo parió en luna llena”.**

Estaba solo, desde que su madre pereció, por un cáncer que la consumió, en pocos años. Buscó su cuaderno para recordar que estaba vivo. Apretaba un bolígrafo, fuertemente, entre sus dedos y era el momento de escribir sus poemas y reflexiones sobre la existencia de la vida. En sus páginas desfilaban personajes mitológicos, un alma vacía, a una soledad inexplicable, filósofos medievales que debatieron la existencia humana como Sartre y Heidegger. También, los famosos poemas negros.

Eran los que más le captaban la atención.

Lleno de coraje, arrugaba entre sus manos las páginas que escribía y las tiraba en una canasta de basura. Estaba solo, envejecido, muy inmerso en ese vacío que no pudo satisfacer con nada. Su madre, como cristiana, le reprochaba por esas damas de compañía que buscaba con frecuencia, que solo lo hacían por dinero. “Serás tirado en el Gehena”, por esos actos censurados, Pero, esos regaños, ya no estaban, aunque en ese tiempo, no les agradaba, pero los extrañaba. Su ausencia aún la sentía.

Como un paso de una página a otra, sus recuerdos se transportaban a diez años atrás, en ese lugar fresco, paradisíaco donde hizo su segundo año como educador. Al principio no se adaptaba, ¡claro¡, siempre fue un inadaptado. Sus alumnos fueron formando parte de su rutina diaria. Aunque, como todo ambiente de trabajo, existen los altibajos, procuró irse adecuando a todo ello, con grandes esfuerzos.

Lejos del bullicio y del estrés de la capital, sus mejillas fueron tomando un color rosado, al igual que sus orejas. La característica de las personas de este pueblo, era el de mantener siempre un rostro sonrosado y, sobre todo, por formar parte de un pueblo productivo y alejado de carencias. Además, el sol de este lugar no es aristocrático como aquel que describió Demetrio Korsi, en su poema Cuartos.

En el atardecer tomaba su mochila y salía a caminar. Muchas veces cenaba en el Restaurante ¨Cost Word", con uno de sus amigos. Entre conversaciones y al frente de una pataconada consumaban las anécdotas e historias, ya sin importancias. Asunción muy poco hablaba de su vida, sólo de temas vagos, incoherentes, sin principio y sin final. Sin olvidar que cuando Baco se hacía dueño de sus sentidos, lloraba amargamente.

Terminado sus dos años de trabajo, lo trasladaron nuevamente para la capital. Hoy estaba frente a este mundo diferente. Este le agradaba más, antes que estar enclaustrado en un pueblo sin salidas.

Retornó a la ciudad. Dos abordajes para llegar a su trabajo. Menos tiempo de descanso, mayor estrés y él lo sabía. Para marcar puntualidad y evitar los tranques, era importante madrugar. Esto implicaba levantarse a las cuatro de la mañana, para estar en la parada a las cinco de la mañana, en la espera del METROBUS. Parado un rato, a expensas de que le robaran su maleta, su cartera, su computadora portátil. Total: ya había perdido todo. Hasta los recuerdos se estaban consumiendo.

En ese momento, comprendió que todo había cambiado. Hasta su rostro lo reflejaba. Ese color amarillo, ya no eran sólo sus mejillas y su rostro. Sus manos se tornaron, pálidas, sus pupilas, labios, hasta el corazón Cambiaría el espejo. _ ¡Tiene que ser el espejo ¡_ pensaba, mientras se tomaba varias copas de vino. Gota a gota le fueron produciendo un ardor en el estómago. Iba estallar, así como explota un envase con gasolina, en el fuego. Un sudor fue envolviendo su presente. El ruido s se encarnó en sus entrañas. El calor de la capital apretaba hasta sus huesos. El sudor de su frente inundó su apartamento. Un timbre. El buzón de su celular le indicó un mensaje. Lentamente, abrió y pudo leer un poema en su pantalla: **OJOS DE LOTO.** De sus labios, se escuchaba, con énfasis y entonaciones, unos versos que pronunciaba como si rezara: **"Ojos de loto, que florecen el mar, que como lámpara resplandecen, entre la rutina y el hastío sin parar, Ojos de loto que enaltecen".**

Una sonrisa lo alejó de su malestar, aunque sólo por un momento.

BIOGRAFÍA

Aida Nivia Alvarado Ríos de Arcia. Nace un 25 de abril, 1968, en Puerto Armuelles, Ciudad de las Arenas. En 1980, a los 12 años de edad, reside en la ciudad de Boquete, con sus abuelos maternos. Hija de Lucía Ríos de Alvarado y Demóstenes Alvarado (Q.E.P.D)

Sus estudios universitarios los realiza en la Universidad Autónoma de Chiriquí (UNACHI), donde obtiene los títulos de Licenciatura de humanidades con énfasis en español, Profesorado en educación media con especialización en español; Postgrado y Maestría en Lingüística con especialidad en redacción y corrección de texto; Postgrado y Maestría en docencia superior; Doctorado en ciencias de la educación con énfasis en investigación.

En 1989, contrae matrimonio con el Ingeniero Ernesto Arcia. Cuenta con tres hijos: Ernesto Arcia hijo, Isabel Arcia y Massiel Arcia.

Sus dos nietas Danielita y Gabrielita.

Actualmente, labora como docente, tiempo completo en la Universidad Autónoma de Chiriquí y, docente eventual, especial II, en la Universidad de Panamá, Facultad de Ciencias Agropecuarias. Ha sido columnista del Universal; colaboradora de la Revista Placa 4. Coordinadora de la edición de revistas como Paradigma y el Quijote.

Ha ganado en eventos especiales con su poema Extinción. (2006) Algunos de sus cuentos han sido publicados en revistas locales.

Sin editar, el libro: "**Estudio lingüístico, lexicográfico y sociocultural de los distritos de Bugaba y Renacimiento", (1993); "Errores frecuentes que se cometen en los trabajos de grado. Propuestas para su corrección, (2020); "Estudio geográfico, histórico, lexicográfico y sociocultural del distrito de Tierras Altas". (2021); "Lágrimas de cristal" (2021) y el conjunto de décimas "Sabora campesino" -(2021)**

CARPE DIEM. VIVE LA VIDA AL MÁXIMO.

Made in the USA
Columbia, SC
18 June 2022

61881208R00068